西不可及

梁小平 —— 著

文物出版社

图书在版编目（CIP）数据

孟不可及 / 梁小平著. -- 北京：文物出版社，2024.6

ISBN 978-7-5010-8290-2

Ⅰ. ①孟… Ⅱ. ①梁… Ⅲ. ①散文集－中国－当代 Ⅳ. ①I267

中国国家版本馆CIP数据核字（2023）第236372号

盉不可及

著　　者　梁小平

封面题字　梁小钧
器物摄影　姜崇文　何伟健
责任编辑　冯冬梅
责任印制　张　丽

出版发行　文物出版社
社　　址　北京市东城区东直门内北小街2号楼
邮政编码　100007
网　　址　http://www.wenwu.com
经　　销　新华书店
制版印刷　文物出版社印刷厂有限公司
开　　本　710mm×1000mm　1/16
印　　张　14
版　　次　2024年6月第1版
印　　次　2024年6月第1次印刷
书　　号　ISBN 978-7-5010-8290-2
定　　价　198.00元

『愚』犹可及

我偶尔收看《鉴宝》电视节目，知道中国文物文化的博大精深，也知道收藏不仅仅是一门学问，更是一种情怀。宝藏可折钱，情怀却无价。我有一些朋友热衷于搜寻收藏古董，家里摆满了各种各样的青铜器、瓷器、钱币、木器、佛像等，它们饱经风霜，都有岁月留痕，它们引以为豪，为你讲述它们身后的故事。东西的真假并不重要，重要的是你相信，你喜欢，你觉得有意义，填满了你内心，让你对它们魂牵梦绕。因此，我看朋友的收藏，从不问真假，也不问价值多少，就像我不会愚蠢地去追问小说家“你写的东西是真的吗？”多少收藏事，都付笑谈中。但我真心喜欢热爱收藏的朋友，因为他们有情怀。有情怀必有担当。

我不太知道水盂。偶然看到节目我赶紧百度补一下关于水盂的知识。水盂是古代读书人用于砚池的贮水小罐。此物虽小，却做得千姿百态、玲珑剔透、情趣盎然，可供把玩。习惯的说法是中国文房有四宝：笔、墨、纸、砚。中国文房的宝多了去，印章、笔筒、镇尺等等，最重要的还应该有书籍吧？当然，文房四宝是专指书写之物，书并非至宝。后来有众多文人雅士对水盂宠爱有加，把水盂列为文房第五宝。这说明，“前四”是无可争辩，“第五”则各有所好。水盂之所以受到如此推崇，我想不明白，但跟梁小平（下称梁兄）吃过几次饭、喝过几回茶后，方知道水盂确有其独特的魅力。但也正如他所言：迂而且愚，方得其趣。

因为我们那里，方言“盂”跟“鱼”发音一样，开始的时候梁兄用方言谈论水盂时，我经常误以为水鱼（鳖），心里觉得纳闷，又不好发笑。后来明白了说的是水盂，才觉得自己肤浅了。水盂汲古趣，小品藏大雅。它玲珑精致，文脉深潜其中，博大精深，不能等闲视之。梁兄每每谈到水盂便眉飞色舞，两眼放光，即便那样也不足以表达他内心对水盂的喜欢和宠爱。

梁兄长我几岁，是我最早认识的领导干部。我刚参加工作的时候，他在我家乡所在的乡镇当父母官，我在隔壁乡镇当政府干部。当年我最大的理想是在家乡当一名副乡长，让我的父母在村里扬眉吐气，也让我的亲戚引以为豪。因此，我对家乡的领导格外关注，希望有朝一日他们对我加以赏识，把我调到家乡镇政府，然后成为副乡长。梁兄在我家乡乡镇当领导时群众对他的评价不错，我见过他几回，但彼此没有交往。我很快调到县里，他也调往邻县，几乎见不到他。直到我和他都调到了玉林市直机关工作，我们见面才多起来。他在纪委当副书记，我在政府办公室、文联，我们同在一幢办公楼上班，因而经常偶遇。他总是很忙碌，走路很快，说话语速也快。玉林城区离我们的家乡北流城区不到 20 公里的路程，我们下班后经常赶回北流城区居住，第二天一早又往单位赶。像我这种没有私车的年轻干部，总希望搭乘顺风车，而不必去车站搭班车。每次提前给梁兄电话说明此意，他总是爽快地答应：没问题，还有位置。然后便约好时间和上车地点。有时候临下班时，他有事情要多忙一会，会电话告诉我，并让我到他办公室坐等，喝茶。回去的路上，他开车，我们倒像领导干部一样端坐在车厢里。无论车上有多少个搭顺风车的伙计，他都不嫌麻烦，一一送到家门口。我们喜欢他的原因，是他性格开朗、平易近人，不打官腔，没有过多的客套，说话率直，也跟我们一样说家乡方言，有时候也爆粗口、说八卦、讲段子。在车上，往往笑声不断，我们轻松愉快地回到了家。

我印象中，梁兄不是文人，但他在纪委工作时，协力拍摄了一部以本地素材为故事的电视剧《红七军》，颇让我感到惊讶。从此我知道他喜欢文化，也喜欢读书，还喜欢写点文章，把玩一些古玩，忙中找乐。近年，他调任家乡市人大主任，经常出席文学活动，我和他见面更多了。有一次，他对我说他要策划拍摄一部红七军诞生前李明瑞的电影《虎将的抉择》（后定名为《李明瑞》）。我既感意外又将信将疑，因为拍电影可不是那么容易的事情。但他做事还是像过去那样充满激情，信心满满。两三年后，电影《李明瑞》在横店开拍了，他还亲自操刀故事原创，并撰写了片尾曲歌词。现在电影已经公映，并获 2023 年度“国防军事盛典”优秀影片、第十一届广西文艺创作最高奖——铜鼓奖以及第七届中国—东盟电影周展映作品。我对他不仅仅是刮目相看，而是佩服之至了。而让我引为同道中人的是，他竟然爱上了写作。我拜读过他的亲情散文和访古寻宝系列散记，写得出乎意料的好，大气磅礴、意味深长；《父亲的战马》《收藏胜似昆冈富》等佳章被《海外文摘》《散文选刊》等转载。《父亲的战马》《阿兰德！新疆！》还先后获得中国散文年会评选活动十佳散文奖和一等奖。邑内文友为此感到惊喜，在大排档庆祝，他应邀而至，谈文说盂，笑声破窗，酒肉下肚，面红耳赤，快哉快哉。而他对水盂的兴趣应该有许多年，像所有的古玩爱好者一样，他恨不得把天下所有的水盂都捂在自己的手里。他闻盂即喜，如听说哪里有宝贝，他不惜驱车千里一睹真容。我理解一个玩古者、赏盂者的心态，古玩这东西，爱就是爱了，不必解释。那些盂呀，一件件的，形态各异，各美其美，每一件都见证着文人墨客们的别样人生。看着它们，心无旁骛，雅兴缠绕，不知不觉中便与之对话，跨越时空的界限，进入虚空之境。玩古玩的是情怀，是雅致，玩古者其态既憨且痴，不理解的人甚至以为他们“愚”。梁兄的水盂藏品和对水盂的研究得到了国内权威专家及同行的肯定、赞扬，使得他的兴致更高涨。收藏是一个无底洞，纵有家财万贯，也经不起玩古的折腾。梁兄在盂海中扑腾多年，大盂捞不起，小盂捞了若干。他向来冷静、理性，量力而为，不好高骛远、不走火入魔，深谙玩古之道。但为了给家里的水盂拍好照片，他不惜血本请广州的专业团队登门。这符合他精益求精、追求极致的一贯作风。然而，在外人看来，他如此大费周折，简直跟“愚”差不多，然而，人的一生总不能过得太聪明，总得做一些看似愚不可及的事情。有时候，这才是人生最值得去做的。梁兄的“愚”与水盂有关，看《盂不可及》，实“愚”犹可及也。如若不信，敬请翻阅。

梁兄温文尔雅，爱好广泛，远不止水盂，对古玉、古瓷、古字画等也颇有心得，并经常跟我们分享，看他乐在其中的样子，我们也乐了，彼此的脸上都挂满了老男孩才有的豁达、惬意和天真。他的一个老朋友跟他惺惺相惜，看过他的文章后颇为感慨，欣然赋诗一首，对他进行了生动的概括，我觉得好，特引为拙文的结尾，供诸君一乐：

逮三立甲子耳顺，悦古吧吃茶饮酒。
州县吏大道直行，大隐市功成身告。
诗书画水盂古玩，梅菊竹岁寒三友。
儒释道明理修为，日月星明光铺就。

朱山坡

2024年3月

目录

插图目录

孟不可及

闲话收藏

收藏，据词典上解释，本义为收集保藏、保存的意思。收藏又分为国家收藏和民间收藏，国家的收藏品保存在国有博物馆等文化单位中；民间的收藏品保存在私人手中或民间机构中。本书所说收藏指民间收藏，近些年民间收藏的质量在逐年提高，藏品的年份也越来越久远。收藏的目的是传承、保护。说到收藏，人们都认为是高大上和很玄乎的事情，诚然，国人都熟知的鸡缸杯，重量不过 50 克，上海收藏家刘益谦竟花了 2.8 亿港币才能买到；2005 年 7 月 12 日伦敦佳士得举办的“中国陶瓷、工艺精品及外销工艺品”拍卖会上，元青花鬼谷子下山图罐以 1400 万英镑拍出，加佣金后为 1568.8 万英镑，折合人民币约 2.3 亿元；徐悲鸿 1938 年创作的《巴人汲水图》立轴，在北京翰

邕江石天然水盂

腹径 5.56 厘米　高 4.11 厘米

邕江出水奇石种类繁多，皆造型独特，意味老到，尤以窝石和圈石堪称奇石界的奇葩。

海拍卖会上拍出了1.713亿元的价格；李可染在20世纪40年代以80元的价格卖给荣宝斋，尺寸为75.5厘米×45.5厘米的中国画《万山红遍》，到2015年11月竟拍时，竟拍出1.6亿元，加上佣金以1.84亿元成交；2017年6月，黄宾虹的中国画作品《黄山汤口》卖了3亿元，加上佣金最后成交价格为3.45亿元。

看看这些数字，都会让人倒吸一口凉气，这哪是玩收藏，这简直就是“烧钱”的行当。然而世事无绝对，这就如吃饭一样，有钱你可以山珍海味，钱少可以去大排档，再不济，路边的粉摊也可填饱肚子。只要你喜欢，总有一款适合你。

一般来说，民间收藏分为三种：一是投资，二是跟风，三是赏玩。但总体说来，收藏应该是一种“雅玩”，即业余爱好，也可以将其称之为精神食粮。这种爱好对长知识、养心性、交朋友等都有极大裨益，因此，既不要对其趋之若鹜，更不要避之唯恐不及，一切都应从自身的兴趣和爱好出发。收藏本身就是一种兴趣，因兴趣而收藏，常常会虽苦犹乐，虽失而不悔。一个玩收藏的人只要始终遵循“收藏喜爱物，珍藏于密处，闲时常赏玩，其中多乐趣”这么一种美好的心态，那么收藏就是一项高雅修心的文化活动。

可惜国人有一个不好的习惯，就是喜欢跟风。早

陶水盂

高分别为4、4.3厘米

些年，人们看到有人靠出卖瓷器、铜器、玉器、字画、奇石、名人印章、文房四宝等藏品发了大财，便一窝蜂地玩起了收藏，使收藏市场十分火热，玩收藏的人如过江之鲫，数不胜数。古玩街、旧货市场在全国各个城市兴旺发达起来；形形色色的“鉴定机构”“鉴定专家”纷纷粉墨登场且收入不菲；各类媒体的“鉴定”节目如雨后春笋，层出不穷。因对各类藏品的需求量大增，导致了造假、贩假、拍假者应运而生。特别是一些所谓的收藏家，他们有钱任性，一掷千金，收藏了大量的仿制品、赝品，结果浪费了钱财不说，还占用了宝贵的空间。经过这么一折腾，使收藏的目的、意义、文化品位和历史价值全部变质变味了。收藏的目的已经不是“雅玩”，而是为了获取利益。

人们每每见到一件藏品，首先在头脑中冒出来的就是钱，到了嘴里就是“值多少钱？”这种想法无可厚非，毕竟现在是经济社会，世人皆爱钱。但如果你爱物，喜欢收藏各种文物，对祖国的传统文化如痴如醉，为历史遗珍而癫狂，并为此付出，那么就如刚才所说的吃饭道理一样，收藏的类别甚多，林林总总，五花八门，但因人而异，只要你喜欢，就不要追究值钱不值钱，有无经济价值，因为自己喜欢的就是最好的。比如：现在有些爱好者收集烟盒、空酒瓶和“文革”时期的票证等，这些东西几乎没什么经济价值，但他们对此乐此不疲。

明朝文学家张岱在《陶庵梦忆》卷四中说：“人无癖不可与交，以其无深情也。人无疵不可与交，以其无真气也。”这两句话用现代汉语解释，意思是：一个人既无嗜好又无缺点，四平八稳，谨小慎微，没有一点点个性，这样的人要么特别懦弱无能，要么特别有心机，两者都缺乏“深情”和“真气”，缺乏人之所以为人的那一点点必不可少的血性，与这样的人交往要么是如食鸡肋，要么是与虎谋皮，不值得深交。拙以为：先人这话是过分忧虑了，其实人都有爱好，这是人性使然，但每个人的爱好迥异，不一而足，完全没有爱好的人并不存在。

越窑水盂

高4.8厘米

从高处讲收藏是对民族文化血脉的传承；对个人而言，收藏对自我性格的形成、素养的提高、人生价值取向的确立都有极大帮助。在现实生活中，有许多烦恼需要解脱，闲暇时，每个人都需要心灵的释放。有的人用打牌来释放，有的人用唱歌跳舞来释放，有的人用饮茶喝酒来释放，而玩收藏也是某些人心灵释放的方式，他们能够享受到艺术品带来的精神愉悦。所以收藏可以陶冶情操，感悟传统文化，提升审美水平，丰富人生阅历，扩展知识疆域。玩收藏，让人变得从容、淡定、笑看风云、笑谈人生；玩收藏，也可让人心胸变得更加豁达、超然。

玩石悟道

“石不能言最可人”，宋代大诗人陆游这一句道尽了石头的万千风情。国人爱石历史悠久，还把美丽的石头称之为玉，“石之美者为玉”。其实说玉也好，石也好，其本质就是矿物质，一种带着远古气息经大自然鬼斧神工造就的凝固物。荀子认为玉有七德：仁、智、礼、义、信、德、道；墨子认为玉有九德：仁、智、义、行、洁、勇、情、容、辞；孔子赋予玉十德：君子比德于玉焉，温润而泽，仁也；缜密以栗，知也；

廉而不刿，义也；垂而如坠，礼也；叩之其声清越以长，其终诎然，乐也；瑕不掩瑜，瑜不掩瑕，忠也；孚尹旁达，信也；气如白虹，天也；精神贯于山川，地也；圭璋特达，德也；天下莫不贵者，道也。凡此种种，我们的先人们对玉石不吝辞藻的评价无不是绝好的东西，可谓达到了至高无上的境界，认为玉有玉德，人只有具备了玉的这些高尚品德才能成为君子，实现人生的最高境界。

上面所说的是“石之美者为玉”，下面谈谈另一种石头——观赏石。北宋书画大家米芾，见石便拜，口中称“兄”，人称“石痴”“米颠”，据说赏石的标准“瘦、皱、漏、透”当初便是由他定下来的。这一标准在悠悠上千年后的今天仍在沿用。按此审美标准的太湖石，瘦骨嶙峋，风姿挺拔，就似古时的文人士大夫傲骨铮铮，让人一眼难忘。可惜这种石头越来越少，或者是具有这种风骨的人也已经越来越少。社会在发展，如今这个多姿多彩的世界，石的审美标准也与时俱进，随着时代的发展而发展。自 1997 年“大化石”出水问世，一下子便轰动了赏石界，誉满中华，影响了整个亚洲乃至全球。

“大化石”是大化彩玉石的简称，无论是大至二三十吨的巨石，或小至二三十克的小石头，无不具

越窑点彩水盂

腹径8.6厘米　高4.5厘米

越窑是中国古代最著名的青瓷窑系，被称为“母亲窑”。点彩是两晋最有代表性的工艺创新和伟大杰作。这件水盂时代特征明显，可以一睹青瓷赖以骄傲的点彩之韵。

有石质坚硬，硅化或玉化程度高，石形奇特、千姿百态，花纹图案变化无穷，色彩艳丽、和谐悦目的特色。我曾专程去看过朋友收藏的巨石，几十吨重的一块大化石，就像一艘战舰，无论是形态、颜色、质地、纹理，都无可挑剔，面对如此庞然大物，当时我被惊得嘴里几乎能放进一个拳头。“大化石”的出水问世，以“形、色、质、纹、韵”为赏石标准，可以说是丰富或打破了米芾定下的“瘦、皱、漏、透”沿用千年的传统赏石观念。大化彩玉石，适应了时代的特征和当代人的审美标准，其问世具有划时代的意义，丰富了中华赏石文化，为

越窑蛙盂

高 4.5 厘米

华夏文化宝库增添了光彩。

我之爱石，源于许多年前到桂林的一次旅行。某天我在街上闲逛时，看到街边有一间摆满了各种大大小小石头的小屋，里面有一位头发长、胡子多，我们且称其为街头艺术家的中年人正在石头上挥毫，那是一些普通得不能再普通的石头，不是从河里捡来的鹅卵石，就是从山里拾得的风化石。可这位街头艺术家仅在这些石头上面简单勾勒几笔，俨然就成了一幅生动有趣、带有原野味道的图画。当时观看的人很多，购买的人也多，街头艺术家还可以根据个人挑选出来石头的形状，按照个人提出的要求、想法去设计画面，让人心生喜爱。尤其是那些年轻情侣们，他们让街头艺术家在石头上面刻的字或画面分别是百年好合、早生贵子、花好月圆等带有吉祥美好寓意祝福语和画面。描画好之后，他们手捧着石头，憧憬着幸福，屁颠屁颠地从石屋里面走出来。面对如此妙品，惜我当年形单影只，只有羡慕的份儿。从那以后，我也爱上了石头，参观了很多石展，拜会了很多玩石的石友，读了不少有关石头的书籍。中国的江河都有好石头，只要你用心去寻找，一定会找到自己喜爱的。

我的家乡北流有一条河叫圭江，这个名字的由来是因为在城区河段的河床里面，有石如圭（圭是一种

越窑青瓷网格纹水盂

腹径 7.03 厘米　高 8.03 厘米

越窑鼓钉点褐彩水盂

高 3.6 厘米

宝石），立于河中，河水一降下去就会露出来。圭江是北流市的母亲河，是一条天生丽质的河流。圭江的流向自南向北，北流地名也因此而来。圭江有着悠久的人文历史，据史学家们研究，北流市的风景区铜石岭之所以能成为古代冶铸铜鼓的基地，就有赖于圭江的运输之利。宋代大文豪苏东坡被贬海南岛儋州（今海南儋县）时，就是取道圭江，后遇赦北归，仍然是取道圭江，乘圭江船筏去回。现在，北流市的桥头公园处，也就是原来的圭江码头，还有纪念苏东坡的景苏楼留存。明代大地理学家徐霞客也是乘船途经圭江去游勾漏洞；历代文人墨客乘船过往北流，多有题咏涉及圭江。明代大学者、《永乐大典》主编解缙曾在《上北流》的诗作中写道："双镜驿前双小洲，年年于此竞飞舟。翻思夺锦青天上，河汉江声共北流。"可见只要是文人墨客，遇到圭江这么一条风光旖旎的河流时，都会诗兴大发，给圭江留下浓墨重彩的一笔。

圭江，听名字就让爱石人士兴奋，现在每逢节假日，都有成群结队的人沿着江河去寻找石头，尤其是秋天水落石出时更是如此。圭江主要出产黄蜡石，如果运气好，还能捡到被本地人称之为"龟玉"的一种玉化程度很高、五彩斑斓的石头，这种"龟玉"既可作观赏石，亦可作雕件佩戴、把玩。每一块都独立成景，自然成画，一景一首诗，一石一天地，令人赏心悦目，所以大受欢迎。经过爱石人士的轮番采掘，这种“龟玉”现在已经十分稀少，能捡到拳头大小的“龟玉”已属不易。

某次我去拜会一位法官，在他办公室的显要位置摆放着四块石头，形、色、质都一般，但每块石的石纹都生长成一个字，合起来就是“公正执法”。与法官交谈后发现他也爱石，最初他淘到的是一块“法”字石头，然后又淘到了第二块“正”字石头，经反复组合，最后他用了近十年的时间终于凑齐了“公正执法”

陶水盂

腹径 7 厘米　高 4.1 厘米

岳州窑青釉弦纹水盂

高 4.1 厘米

越窑青釉蛙盂（口残缺加牙盖）

长 7.5 厘米　高 4 厘米

这四个字。我有一块从泰山请回来的文字石，是送给母亲的礼物，石纹形成一个草书的寿字。每有客人来我家，这文字石就像花一般吸引着大家的眼球。我更是要炫耀一番：你们看看这石纹像个什么字？大多数客人都能看出这是一个“寿”字。某次，当警察的妹夫来到我家，盯着石头看了老半天，我的劲头儿又来了：“你能看出这是个什么字吗？”妹夫犹豫了一会，最终鼓起勇气道：“‘毒’字！”接下来肯定就是哄堂大笑了。中国的这些玩意儿，肯定是祝福、吉祥类语言才能登堂入室，妹夫干过缉毒警察，难怪他看成了另一个意思。正所谓“一千个读者就有一千个哈姆

雷特”，这也正是石之美妙处。

每天工作忙忙碌碌，案牍劳形。可由于喜欢石头，到了周末，戴着草帽，穿着拖鞋，拿着小铲，又是上山又是下河，大热天的自讨苦吃，老母亲心疼不已，在背地里感叹道：“节假日也不好好休息，玩什么石头，真是傻子。”有一天，正当我和几个石友兴致勃勃地往家中搬一块从邻市黄华河采到的金砂石时，母亲听到了响动便跑下来观看，并大喊了一声：“麻烦了，又往家里搬石头了！”被母亲这么一叫嚷，全家人都跑下楼来观看，脸上都带着无奈的表情。当石头源源不断地往家里搬时，那些后到的石头就只能在客厅里

寿州窑黄釉水盂
高4厘米

“躺”着或在过道里“站”着，甚至“叠”着了。多年从大江南北淘石的结果，就是家里的小楼被石头塞满，通道、客厅、楼梯的转弯处都是石头，让家人出入和上下楼梯都得小心。那些先到的石头都装了底座，“站”在显眼的位置，优雅地欣赏着后到的如“流浪汉”般的同伴。这很不公平，只因为家里堆积的石头实在太多。

石，经过山川熏染、日月浸润，沧桑的岁月在它们身上留下了耐人寻味的痕迹和鲜明特点。它们得苍穹之启示，聚日月之精华，感沃野之清明，每每我坐在它们面前时，石虽无言，但它们总能给我“淡泊自然，

邢窑白釉水盂

腹径 2.5 厘米　高 1.5 厘米

是目前发现器形最小的水盂

默然丰厚”的精神境界，心头的各种烦恼和郁闷会化作青烟一缕，随风而去。生活需要物质，但物质过多也会侵占人生活的空间，也就为物所累了。这些年来，我不断地往家里搬运石头，让石头侵占了家人生活的空间，我母亲为此说我傻其实也是有道理的。基于这个原因，我得尽快为这些“尤物”寻找一条出路，让它们有一个好的归宿。庆幸天公作美，广东的一位朋友要建一个兰园，急需一批石头装点（兰花和石头十分搭配，在中国传统文化中合称为“兰石”），我除了留下十多块自己尤其喜爱的石头之外，余下的石头全部让朋友拉走了，或出于对我寻石的奖赏，他还给了我一小笔酬劳。

玩石头除了能调养精神外还有一大好处，当有亲朋好友乔迁新居时，就送一块石头当作红包贺礼，乔迁新居的人家得到石头后都会很开心。因为我的家乡话属于粤语系，家里有块石头就叫作“有食（石）”，在过去，中国人都饿怕了，见到家里有块石头，“石”与“食”同音，有食（石）是对乔迁新居的祝福，此外，“石”还有“石”（时）来运转之意。

日月经天，江河行地，天下熙熙皆为利来，天下攘攘皆为利往，沧海桑田，斗转星移，春华秋实，风霜雨雪……世间万事万物都在运转和变化着，唯有石

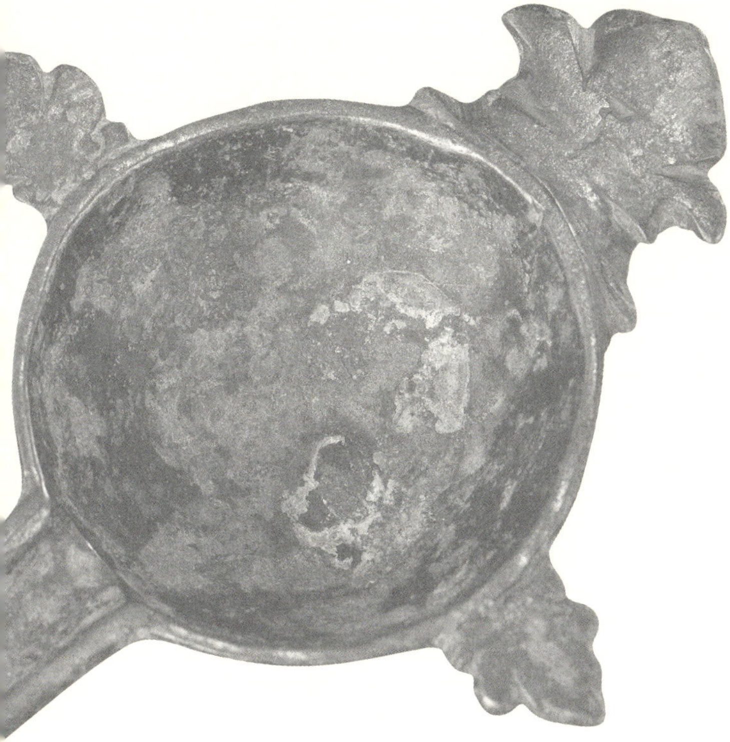

铜水滴

长91厘米　高1.5厘米

千万年来都只是沉默着，同万事万物一道，历经着一段段壮美的航程。石率意、真诚，外表沉静，内心丰润；宠辱不惊，厚德载物；横眉冷对刀霜剑雨，展颜喜迎春到人间。这就是石的品性。每一个玩石的人，若能悟出石的这一品性，就能居庙堂之高则忧其民，处江湖之远则忧其君。

自从把家里的石头赠予广东的朋友之后，我再不敢随便往家里搬石头了，但出于对石头的喜爱，空闲时看看总不至于有什么问题吧。一次，我又到一个叫“石缘轩”的石头店赏玩，发现一块邕江石，“这真

越窑水盂

高6.5厘米

似一个水盂”，我嘴里说着，心里不怎么在意就走了。之后却越想越后悔，责问自己当时干嘛不拿下这块石头呢！一个月后我又遇出差，终于逮到个机会再到那个石头店，发现东西居然还在。经过几轮的讨价还价，终于拿下。回到家，我抑制不住喜悦的心情，一边把玩，一边喃喃自语：“还是有缘呀，还是有缘呀，这么好的一个天然水盂，居然还在。”妻子用诧异的眼光看着我说：“这有什么奇怪的，这种东西，除了你这种傻瓜要，谁要？”

盂不可及

水盂，又名水丞，是中国历史悠久的传统工艺品。宋代《石玉·图谱》称：“水丞砚水的水盂，亦名水中丞。”水盂是主供磨墨的盛水器，有些阔口水盂另附一只精致的小匙，舀水供砚台研磨用。水盂最早出现在秦汉时期，古往今来的文人历来重视和喜爱文房用具。中国的文房用具除基本的“笔、墨、纸、砚”外，还派生出如印章、印盒、墨盒、笔筒、镇纸、砚屏、笔洗、水注、水滴、水盂等，其中，水盂有“文房第五宝”之称。水盂，因小巧而雅致，最能体现文人雅士的审美情趣，在收藏界归列为文玩类，属于品位较高的

长沙窑褐绿彩条纹水盂

高4厘米

藏品。

从材质上看，水盂有陶、瓷、铜、锡、铁、银、玛瑙、水晶、玉石、玳瑁、琉璃、竹木、灵芝、橘皮，甚至天外来客陨石等，用料非常丰富；从器形上看，水盂有象形、随形、椭圆形、圆形、扁圆、立圆、方形等，形态各异；从色彩上，有青花、粉彩、豇豆红、钧红、宝蓝、翠绿、乌金、莲青、鹅黄、影青，五彩缤纷，应有尽有；从图案上，有人物、山水、花鸟、虫草等。尤其是在清代，水盂简直是百花齐放，不同材质、不同器形、不同图案、不同釉色，形态各异、万紫千红，可以想到的制作工艺都在这小小的物品上大放异彩。水盂除具有实用意义之外，更具有一种观赏把玩的吸

巩义窑茶叶末釉水盂
高5厘米

引力。从养生之道来说，水盂可修心养性，“一洗人间氛垢矣，清心乐志”。从心理学角度来看，水盂可助文思，“几案之珍，得以赏心而悦目”。劳累之时，可以把玩解疲乏。当把众多的水盂摆放在一起集中展示时，那无疑是一众艺术的精灵。古人云：“笔砚精良，人生一乐。”水盂不仅成了文人雅士追求悠闲优雅生活的一种表现，更是一个包罗万象、内涵丰富的收藏天地。我这人坐不住，总喜欢找点事情为难自己，当石头已经很难“考倒”我之后，材质广泛复杂的水盂便激起了我极大的兴趣，从此我便开启了寻找水盂之旅。

当下这个时代赝品、仿制品随处可见，要想寻找到一件老物，就必须要具备以下两方面的知识。其一是对陶瓷材质的水盂，要了解、辨认其新老，必须具有鉴定古瓷的知识。为了拥有这种知识和能力，我专门拜考古学家、古瓷鉴定专家伍先生为师，学习古陶瓷鉴定的原理，学习伍先生开创的开片、火石红、磨损痕迹、保存环境、伤残、彩料、纹饰、烧造工艺等独具特色的古瓷鉴定方法，这一学就是两三年。正如一位学友取的网名一样：永远不会毕业。其二是对竹木制类和玉器类的水盂，还要了解形制、包浆、砣工和制假作伪的方法，这需要不断地学习和增加知识储

邛窑水盂

腹径 6.13 厘米　高 3.57 厘米

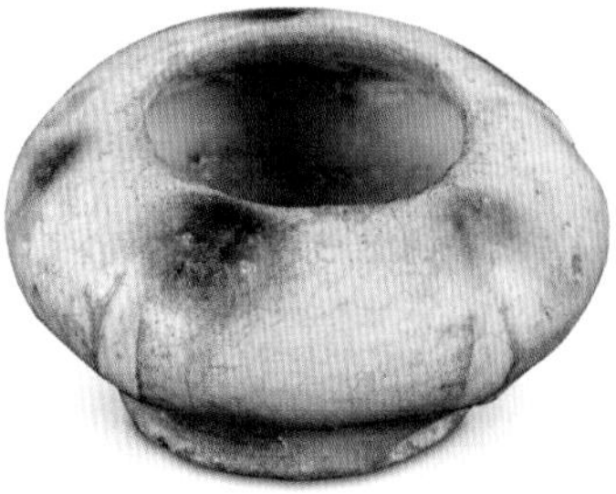

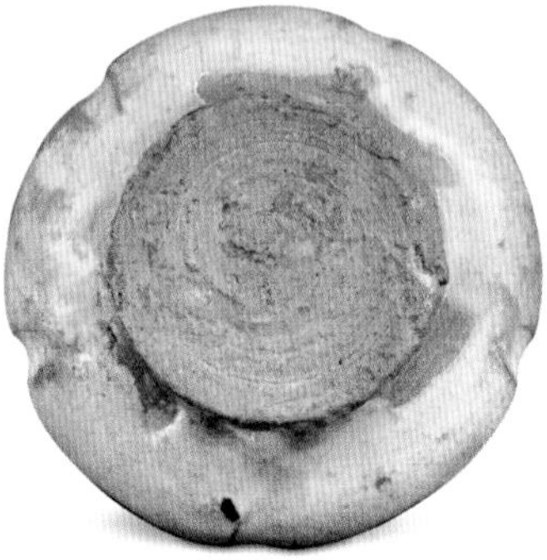

邛窑点彩水盂
腹径 4.51 厘米　高 2.24 厘米

备，在收藏中获取文化的养分。以上所说的两方面知识，都是我们在收藏时必须具备的基本知识，有了这些知识，就可以不那么容易“打眼”，在淘心仪的东西时，避免不必要的损失。如果你具备了一定的考古学知识、鉴赏眼光，那么就不会轻易上当受骗了。比如，假若有一个人拿出一个浅绛彩水盂，对你说是乾隆爷玩过的物件，那么你不用上手就可以把其“枪毙”掉！原因很简单：浅绛彩瓷是清末时景德镇创烧的一种釉上彩新品种，而这件东西在时间上往前溯了一百多年。再比如，在革命圣地井冈山，有很多旅游产品店和古玩店，井冈山的商贩嘴巴都很甜，见人就喊“首长”，有一晚，我到古玩店闲逛时，一个店老板向我推销一个说是明朝时期的白玉水盂，我上手看过后说：“这个是大明的？你不是开玩笑吧？”店老板被我这么一句话弄得满脸尴尬，因为他向我推销的这件东西看上去虽然精致，但却是用电动工具所制，和古代琢玉的方法不相符。这是一件现代仿品。

其实要淘到一件老物件不是件容易的事情。我认识的一位教授准备移民，他玩收藏多年，不想把这些中国的宝贝带出国，便决定转让，遂邀我到他家挑选，教授两口子很热情地说：“喜欢的都可以带走，价钱不用考虑。”到他们家看后，我着实吃惊不小，宋钧窑蚯蚓走泥纹的笔洗，月白的水注、水盂，海棠红的碗，茄皮紫的玉壶春瓶，共有好几件，除一两件有小磕小碰，其余件件完美，熠熠生辉。我曾到过钧窑博物馆，偌大的一座博物馆，高大庄严，竟没有一件完整器，全是残片和“动过手”的（修复件）。自古就有“家有千财万贯，不如钧瓷一片”的说法，可见其珍。玩收藏有时无需用眼，用脑袋想想都能明白，教授收藏了大半辈子，看来是“吃水”了。那天我心里五味杂陈说不出是什么滋味，既不想伤了这对老夫妇的心，又不想欺骗自己，最后带走了一只他们认为“够年份”的小笔筒。

越窑青釉瓜棱水盂

腹径 9.2 厘米　高 4.9 厘米

玩收藏有知识不等于有眼力，在其他领域的成功不见得在这行当也能成功！元青花鬼谷子下山图罐制造的财富神话使元青花瓷器成为财富的代名词，谁拥有元青花瓷器谁就拥有财富，一些人便四处寻找元青花瓷器。我曾被一家公司老总请去“掌眼”一只苏麻离青梅瓶，说是朋友江湖救急要钱用愿意转让给他，公司老总很激动，转手几千万元甚至上亿元的东西现在只需几十万元就可到手，精明的脑瓜子很快换算出这是宗值得投资大可获利的买卖。当他的朋友从箱子

瓷胎水盂
高4.5厘米

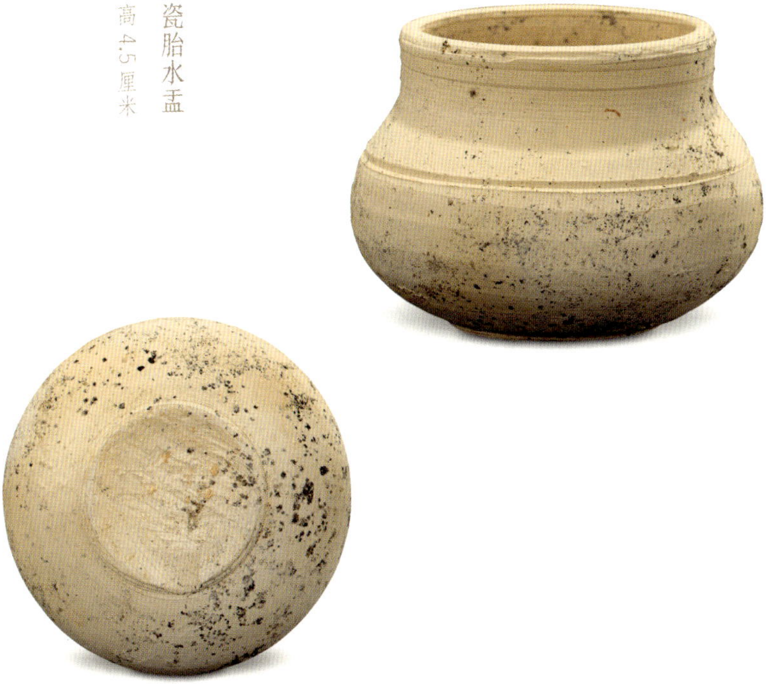

里小心翼翼地拿出实物，初看脏兮兮的，口沿有点“虫咬”，把脏的部分洗擦去后，露出的青花色泽艳丽，但青花线条的处理中和青料的凝聚处毫无银黑色的结晶斑，用手抚摸也毫无凹凸不平感。老总在旁迫切地反复询问：“怎么样？”对这样一件“八爷重器”，我该如何回答呢？被逼急了，只好回答道：“东西非常漂亮！但你准备要卖给谁呢？”老总一时语塞，不愧是生意场上的老狐狸，最后他说：“对，我回去想想再说。”人家这好事看来就这样被我破坏了。

收藏，脏不等于旧，残破也不等于老。有人说“收藏是比傻的游戏”，看谁比谁更傻，卖家比买家傻，买家就捡卖家的漏；买家比卖家傻，卖家就捡买家的漏。收藏，出于真爱，真玩，是怡情乐志，充满商业乖戾的玩法实则毒药，与其本意背道而驰。老想着发财，想一夜暴富，被人捡漏十之八九。

每到周六、周日，去逛古玩市场是一件很好玩的事情，全国各地约定俗成基本都是这两天为集市，看着这些走街串巷、上山下乡“铲地皮”带来的五花八门的东西，实在有趣。逛地摊可以练脚力，走得满身汗水又能促进新陈代谢，是一种很好的健身方式。累了还可以进店讨杯茶吃，玩古的人喝的茶都不差，聊着聊着热乎了，说不定店家还会拿出一道珍藏多年的

青白瓷水盂

高5.5厘米

普洱或六堡和你分享，那就更是其乐无穷了。

昊先生与我就是这样认识的。他自称是改革开放后劳务输出的第一批打工仔，先后到过中东、西亚和欧洲的不少地方，会讲阿拉伯语、越南语、英语和一点法语。昊先生口拙木讷，身体敦实，一看便知是一个能干活的好把式。他在省城开了一间汉唐文化传播公司，经营瓷器、木器和玉器，以瓷器为主。昊先生虽然文化程度不高，但人很精明，当年在国外打工时他看到这些散落在外面的瓷器，知道是我们老祖宗的好东西，于是便用打工挣的钱买了下来，打了几十年

黑釉瓷水盂
高4.2厘米

的工，现在打不动了，便回国开起了古玩店，经营这些他年轻时收藏的瓷器、木器和玉器，据他说，他在上海虹桥还开有一间古玩店。

我看中了吴先生店里的一个水盂，当时他开价为3万元。我表示同意，但是这个水盂有一道“惊纹”，虽然没有及里但已属残品，只能算一折，但我可以多给点，按一折半算。谈来谈去我们还谈了一些瓷器新老的鉴定方法，最后吴先生说不收钱了，送给我交个朋友。玩古玩往往就是这样，不识货不懂货也会让货主心里闷得慌，遇到一个识得懂得点的人便把你视为知己。

逛古玩市场是可以废寝忘食的，一次，与好友逛着逛着不知不觉便到了下午，午餐都没有吃。好友提醒道：“肚子饿得呱呱叫，该吃饭了。”我为了省时又省钱，便提议道：“那就来一碗沙县面条吧。”说完，我还得意地补充道：“我这人是很好养的，对吃的要求很简单。”不料好友听了这话之后，不满地嚷道：“你还好养？一个水盂就几千元钱，还好意思说自己好养？”我听后无言以对。的的确确，好友的话也是有道理的，玩收藏既花精力又花金钱，不能吃又不能喝，许多人或许还会认为这是在做一件愚蠢的事情，愚不可及！但愚并不这么认为，窃以为乐在其中，因为对我来说，收藏水盂的过程就是一个学习的过程，快乐的过程，留下人生美好记忆的过程。虽然一个水盂几千元钱甚至更多，但这个钱花出去了，价值却还在你手里，你收藏了，赏玩了，若干年后如果想出手，就不是这个价，它是会增值的。清嘉庆道光年间的青花缠枝莲纹水盂，在古玩店常见的纹饰十年前三五十元钱一个，现在的价格为千元左右，品相画工精良的甚至几千上万元。

每每说到青花缠枝莲纹饰，我都有意犹未尽之感，不得不多说几句，因为每次见到这种纹饰，都会产生一种怦然心动的感觉。缠枝莲纹又称为万寿藤、串枝莲、穿枝莲，兴起于宋代，在元、明、清三代非常流行。缠枝莲纹饰是缠枝纹的一种，缠枝纹是瓷器装饰的纹样形式之一，它被大量运用在陶瓷器面上，从盘、碗、壶、杯、炉、瓶、洗、水盂等的器物上皆可看到它的身影，它的广泛适用性使其和各种器形完美结合，被作为主题纹饰或辅助纹饰装饰着瓷器，以刻、划、印、堆塑、镂空、彩绘等各种技法表现着，特别是在元明清时期，元代缠枝莲纹被大量装饰在青花器上，受到皇家与平常百姓的一致喜爱。

中国人为何如此喜爱缠枝莲纹呢？究其原因是因为中国人都喜爱花，从字源学上考察，汉族祖先华夏民族即与花有关。“华”古即花字，由很像一朵盛开的花朵的象形文字演化而来。《说文》里解释：“开花，谓之华。”华即植物开花的代称，又名“五色为夏”，根据以上释义，“华夏”即五色的花朵。人们称赞美好的事物时都会说像花一样。花在中国人的传统里一直是美好、吉祥、繁荣、希望的象征。莲在辞海上的定义是：“莲，莲蓬，《尔雅·释草》：荷，芙蕖……其实莲，后多与荷混用，莲花即荷花。”莲花受到中国人的广泛喜爱，最根本的原因在于它饱含着中国的文化精神，成为中华民族审美标准之一，也常常是人格风范的象征，故一直以来为人们所推崇和追慕，成为文学与艺术的永恒题材之一。宋代周敦颐的《爱莲说》，细致描绘了莲的自然秉性、形态特点以及被赋

湖田窑影青水盂

高6厘米

磁州窑系水盂

高2厘米

予的人文精神和人格理想，展现了作者超凡脱俗的审美理念。其中“出淤泥而不染，濯清涟而不妖，中通外直，不蔓不枝，香远益清，亭亭净植，可远观而不可亵玩焉”等句子写的是花，喻的是人，而立的则是为人的标准。在中国古代帝王的心目中，花卉植物还被赋予更多的含义，主要象征权威、等级和财富，象征地位永久。他们爱莲，就是希望臣子要像莲花一样洁身自好，并取谐音“清廉”，但他们更爱缠枝莲，希望江山连绵不断。

莲花和佛教有着极大的关系，在中国人心中，早有喜爱缠枝纹的根，佛教的传入是催化剂，使中国人对缠枝纹的喜爱从一种集体无意识的形式美和情感因素上升到哲理的高度。特别是缠枝莲纹以青花的蓝、白色表现时，它的内容和形式是完美的，人们可以从中发现美好情感的寄托。当宗教的影响慢慢淡化，缠枝莲纹便成为一种纯粹的审美模式，象征着永久、吉祥等。青花缠枝莲的色彩雅致明艳，形象美丽大方，线条流畅灵动，意境深远广博，格调高雅圣洁，青花与白瓷形式和内容完美结合，千百年来历久不衰，深受大众的喜爱和欢迎。

玩收藏就是如此的奇妙，玩着玩着就升值了，不经意间还会让你发一笔小财，想想人世间还有什么比这更美妙的事情呢。当然，前提是你必须买到真货，而不是假货、赝品。古人云："识古不穷，迷古必穷。"我常和朋友开玩笑说："识货懂货，那么你就有机会。如果你是为了讨自己高兴，就买自己喜欢的；如果你是为了赚钱，就买别人喜欢的。每次逛古玩市场，淘不到自己喜欢的物件就淘别人喜欢的，不要浪费宝贵的时间，这对以藏养藏大有帮助。两样东西都没碰上就多看少买，甚至不买，千万别冲动。"

地摊可谓古玩交易的一大特色，在北京的潘家园和广州的"天光墟"（广州古玩旧物文化墟市），还有一些地方至今还保留着鬼市。据说京城的鬼市形成于清末民初，当时清朝倾覆，皇亲国戚里那些四体不勤、五谷不分的遗老遗少们一下子失去了生活来源，为了生计，便将家中的古董拿出来到西城老皇城根下或沿朝阳门城墙进行变卖。往昔养尊处优惯了，今天却落到要变卖家当过日子的地步，毕竟不是一件光彩的事情，脸面还需顾及，便在三四更天还未亮，谁都看不清对方嘴脸时进行买卖，到了晨曦初露太阳升起时，这市场就像雾一样散去。有时想想觉得好笑，都什么时代了，现代人还这般鬼鬼祟祟，神秘兮兮。话虽这么说，但身不能至心却向往之，总想找机会去逛一次鬼市。

当下网络流行，古玩这个古老行当也不被放过，

白釉水盂

高2厘米

湖田窑影青水盂

高6厘米

即使上手看都不一定能看得准，都有可能“打眼”的买卖，居然也兴起了网上淘宝、网上交流、网上拍卖等。说实在话，一件老物有正面图、背面图、侧面图、俯视图，还有局部细节图，关键还有下面的底足图，再加上文字说明，这件东西的真假已能判定七八分。省时省力，省舟车劳顿，省住宿费用，更要紧的是改变了古玩买卖不退货的老规矩，网络真是提供了无限的方便。但我们这些玩古之人，玩儿玩儿着或许也把自己玩成了“古董”，对这种时髦的交流方式表现出了抗拒，导致网上拍卖或交流的东西往往要比面对面交易便宜许多，我因受时间所制无法时常周游各地，很早便无奈地接受了这种交流方式，所以有好些水盂都是通过网上交流和网上拍卖获得。

我最得意的一件水盂是一位老师割爱的豇豆红瓷器。豇豆红是铜红高温釉中的一种，为清代康熙晚期出现的铜红釉品种。其色调淡雅宜人，以不均匀的粉红色犹如红豇豆一般，以及造型轻灵秀美而得名。又因其像浅红娇艳的小孩脸蛋，如三月桃花，又被称为“娃娃脸”“桃花片”“美人醉”。

老师割让的这件水盂是清中期的，没有豇豆红釉质的匀净细腻，反而是烧制时出现了飞釉的现象，加之氧化还原的天然绿色苔点夹杂其间，没有官窑的那

龙泉窑水盂
高6.5厘米

种刻意讲究、规范，多了一分民窑的活泼生动、率意，显得斑驳陆离，潇洒飘逸，古意盎然。估计老师也非常喜爱，收藏了多年，但经不起我一年多的软磨硬泡，最终割爱，转赠予我。

我见过最贵的一个水盂是铜胎掐丝珐琅器，藏家是一位慈眉善目的老者，开价为 800 万元。据他说，他的祖上是清宫的一位太监大总管，这个水盂在他家

繁昌窑影青瓷水盂
高3厘米

黑釉水盂
腹径 5.35 厘米　高 3.66 厘米

中珍藏了几辈子，期间给某些古玩爱好者看过，还有人提出要重金收购，但他都不肯转手，这次要不是为了帮他的孙子买婚房急需钱用，还真舍不得割爱。我至今仍想不明白，太监怎么会有后代呢？但东西就摆在那里，那是一个桶形的水盂，下面一个紫檀木托，上面口里还有一把雕着龙头舀水用的小勺。雍容华贵，金光灿灿，还带着幽蓝的光。这是一套三件的水盂，但面对如此的“邪价儿”，我连砍价的气力都没有，只好是看过即拥有，拥有了这个眼缘，拥有了这个经历，知道了有这种材质的水盂，知足了。

另一个“看过即拥有”的水盂是从一本拍卖图录上看到的，那是一个清光绪青花水盂，起拍价为0元，我和几个同道好友斟酌一番，认为这个水盂到顶最多12万元。到了举行拍卖那天，正值周末，为此我们专门筹备了十多万元，购买了机票，志在必得地去参加了拍卖会。拍卖开始时，大家都在观望、权衡，显得有点冷清。可几槌下去后，突然暴发十多个牌，这些牌此起彼伏，很快就突破了50万元。最后剩下两个牌呈胶着状态，拍卖价一直往上升，最终以80万元落槌。怎么会如此高呢？令我们瞠目结舌。之后我们进行了研究、分析，觉得关键所在是因为这个水盂流传有序，先后从日本某藏家手里购得回流到国内。拍卖会结束

青白瓷水盂

腹径 5.27 厘米　高 3.68 厘米

酱釉瓷水盂
高4.8厘米

后，我们都自我解嘲、自我安慰道：“这一趟算是白跑了，就当给航空公司做贡献吧。”

我感到最欣然的是收藏到封绍柱老先生的一个水盂，那是一个器形类似“太白尊”的哥釉青花山水人物水盂。封老先生是一位中华人民共和国刚成立时，怀揣参与伟大社会主义祖国建设、从印尼归国的热血青年，他学识渊博，对文物情有独钟，还担任过一个地方的博物馆馆长，获得过“全国文物先进工作者”光荣称号。因工作关系，我常到封老先生处喝茶小坐，听封老先生讲故事,这样一来二去成了忘年之交。一天，我和一个藏友去一个小拍卖会观看拍卖，见到一个非常面熟的水盂，经询问，得知这个水盂是通过征集收上来的，我在封老先生处多次见过这个水盂，遂决定将其拍下。封绍柱老先生已故去多年，这个水盂正好能作为对他老人家的一个怀念。

2017 年 8 月，我去了一趟九寨沟，随后在成都淘

龙泉窑刻花水盂

高3.2厘米

白釉水盂

高2.2厘米

到了一个水盂。在回家的路上，我忍不住拿出来欣赏、把玩，一不小心摔到了地上，同行好友连连说：“岁岁（碎碎）平安！岁岁（碎碎）平安！”回到家中看新闻得知九寨沟地震，我虽与地震擦肩而过，可自己的手一震，却把这么好的一个水盂摔碎。如果我可以选择的话，我宁愿留在灾区参加抗震救灾，也不要把水盂摔碎。这是我玩水盂十多年来第一次摔烂东西，为此心里一直纠结、难受，最后自己动手把水盂拼接粘贴了起来。有时与朋友闲聊时，还怅然若失地说起

龙泉窑水盂

高3厘米

这件事，朋友都安慰我说：“再找一个一样的不就得了，何必再为这件事情耿耿于怀呢？”我为朋友的美好愿望感动，然而在这多年的寻找中，却甚少见到相似的，更别说一模一样了。要是真遇到，那就危险了，说不定就是工业时代的产物。

在淘水盂的过程中，我发现唐、宋、清时期的水盂比较多，元、明时期的稀少。

人都有怀旧的情结，且随着年龄的增长越发思古之幽情，这是人类社会一种最正常不过的情感。收藏界是君子、小人、富人、穷人、官员、平民、教授、白丁、傻瓜、人精、土豪劣绅、社会贤达、流氓地痞、疯子、狂人的聚集地，用现时流行的话说，这是个平台，在这个平台聚集的是形形色色的人。

人生总有闲时，无论是达官显贵或贩夫走卒，莫不如此。让赏玩成为人生的一道风景，将生活方式上升为一种艺术，就自然而然地多了一份别样的情致。赏玩是中华文化的一部分，这种东方文化中独特的修心养性方法，让人多了一份从容、一份宁静、一份淡然和一份修行。有段时间曾有人妄语中国人没有信仰，这实在是无知，中国人其实从骨子里信仰祖先，信仰祖先创造的光辉灿烂的文化，这无时无刻不体现在中国人的生活中。每当人们做对事情获得荣耀时，首先

吉州窑黑釉水盂

高の厘米

影青瓷水盂

高 5.5 厘米

想到的是光宗耀祖；相反，当人们做错事时，首先想到的也是辱没祖先。无论去得多远，获得多大的成就，都不忘自己是华夏民族的一员，都忘不了自己的故土，对祖先的文明创造更是奉若神明，对每一件文明的“证物”一律视为“宝”。作为一个中国人是足以自豪的，更是有福气的，悠悠五千年的文明延续不绝，各种文明的证物随处可见，甚至可收藏，我们生长在这块文化土壤中，都会受其营养滋润，让人在不知不觉中精神抖擞，豪情满怀。

文物堆里的守望人

在一个民族的历史长河中，最耀眼的是文化，最能打动和鼓舞人心的，也注定是文化，而文化中一颗璀璨的明珠就是古代艺术品。在当下“皆为利来，皆为利往”的投资心态下，一些爱钱而非爱物的投机客渐渐退去，往日熙熙攘攘的文化古玩城稍显冷清，但还有不少似侯老师一样具有文化情怀“不忘初心”的藏家选择坚守。

俗话说：“人瘦瘦精神够。”说的就是侯老师这一类人。侯老师在一所中学担任高级教师，在文化古玩城开着一间150平方米的古玩店，周末、闲暇时就到门店打理和与同道交流。说是古玩店，猛一看，你或还以为是从地震废墟中刚清理出来的破烂儿，一屋的破碗烂盘、破罐烂壶、瓦砾残片、古籍善本、缺角或开裂的字画，有些抹擦得干干净净，有些还来不及整理，蓬头垢面，布满灰尘，带着泥土。走进去，侯

龙泉窑青釉水盂
腹径 6.37 厘米　高 7.72 厘米

黑釉靴形水盂

长7.2厘米　高3厘米

老师会热情地招呼你喝茶，真要喝，你还需要点勇气，用的全是 20 世纪或 19 世纪的青花杯，有些带着窑渣，有些是窑裂的，有些是塌陷的，拿哪一个哪一个都不是合格的产品。不过有一点应该可以放心，在茶桌旁有一个小锅，这些茶杯都是从这个小锅滚烫的开水中用钳子取出来的，用侯老师的话说，用这些杯子才是真真正正的喝茶，才能饮出茶的味道来。侯老师很知足，给自己的玩古定了位：完整的、完美的、高端的让那些有钱人、大官土豪玩，我玩这些就很合适了。“全世界博物馆的瓷器收藏，都是有破烂的，有修补的，比如这个碗，一定不够圆。”侯老师手里拿着一个碗，另一只手比划着说：“太圆，没有一点点扁那肯定是假货！”“我们的先人全是用手工操作，不是用机械，那时侯也没有机械，用手一点点做出来。”说着又换上另一个影青刻花烂碗：“每一个都不一样，也不可能一样，这就显得生动，不呆板。”“什么叫艺术？”他自问自答道：“这就是艺术！”“要找要买景德镇瓷器，在全世界哪一个角落都可以找到，买到，但你要找家乡岭垌窑的影青瓷就只有到我这里。”侯老师讲完了这么一番高论，最后用探询的口气问道：“你也喜欢岭垌窑的影青瓷？”我说：“是的。”侯老师惊喜得似遇见了多年不见的老朋友般伸出了双手，紧紧地握着我的手说："太好了，那就太好了！这是家乡情结，家乡情结呀！……那你现时有多少岭垌瓷呢？"我说："我也没有认真数过，有三几十件吧。"侯老师露出更为惊讶的表情说："有眼无珠，我有眼无珠啊，今天遇到大藏家了。"我说："什么大藏家，都是些破烂。"侯老师马上换成了严肃的表情安慰说："没关系，没关系的，这些都是宝贝啊。"侯老师如此惜物爱物，自有一番理论支撑：人生百年，但一件老物越过百年，越过几百年，越过千年，风风雨雨经历了不知多少的人和事，这需要有多大的灵气和福气才能把自己保存下来，虽然历史的沧桑留下伤痕累累，甚至残缺不全，但你能不珍视吗？

侯老师边教学，边潜心收集和研究家乡古陶瓷，一件事用功二十多年，不是专家也成了专家。央视拍摄"一带一路"专题片要物色一个讲解员，侯老师成了毫无争议的人选，着实风光了一回：到了古窑址现场，一百多米长沿着山势而建的龙窑，侯老师或者是过于激动，像个猴子般一蹿就到了顶，弄得几个拿着器材扛着摄像机的小伙、小姑娘追得是上气不接下气，侯老师像没事人般口若悬河继续开讲。

身为高级教师的侯老师明白，一个车展，用不着怎么宣传，几个广告出去，人们就会蜂拥而至；而要

安南窑青花瓷水盂
高 6.5 厘米

竹水盂

高2.5厘米

象牙水盂

高1.7厘米

青花缠枝莲纹水盂

高4.5厘米

让人爱上文物古玩，那非要宣传教育培养不可。因此他是上蹿下跳，在文化古玩城搞起了一次又一次的活动：民间收藏展、古董精品展示会、古玩博览会、文博交流会、古玩交流会、文物古玩交流会、拍卖交流会、每周一拍会、床交会（邀请外地的藏友过来，在他们租住的房间床上摆上他们的藏品进行交易的一种形式），以及外出参观兄弟市的学习会、交流会，一个接着一个。最近在原有的收藏家协会、工商企业家收藏协会两个收藏协会的情况下又另起炉灶，鼓噪起一个更为亲民的收藏协会。侯老师虽有热情，无奈财力有限，自觉单凭他那些破瓷烂碗难当大任，缺乏号召力，便决定游说一位有钱又热爱收藏的大咖当会长；有钱还不行，为了提升社会影响力，便又再游说一位领导干部担任会长。然而一个协会两个会长，怎么都说不过去，便改称为名誉会长。现职领导干部自然不宜出任，最后找了位退休的领导来担任。一个有800多万人口的城市，任一个收藏协会的会长，自然算是有头有脸的人物，这竞争肯定是激烈的，侯老师呢？很自觉就只有担任那位专司打工的秘书长了。

经过一段时间的紧张筹备，收藏协会成立了。在成立当天，自然是彩旗飘飘、锣鼓喧天、狮子翻滚，来自全市收藏协会的成员、收藏爱好者，还有来自全

铜童子水盂
长6厘米　高4厘米

国各地收藏协会前来祝贺的共两三千人齐聚古玩城，加上摆地摊的，把个古玩城弄得是水泄不通。对于摆地摊，当初在召开筹委会时就有两派意见，一派说不让摆，担心冲淡协会成立仪式的气氛，何况经费有限，每个入会成员收费 500 元，虽然即将就任会长的大咖说要捐款 50 万元，但还未到账；另一派说一定要有地摊，增加协会成立的人气，全国各地的收藏协会成立，地摊衬托是必不可少的。双方是吵得不亦乐乎，最后是中学高级教师侯老师出来讲话了，他说："古玩地摊古已有之，自我国宋代开始古玩就是以地摊交易为时尚的，一直流传至今悠悠上千年。地摊是收藏的源泉，没有地摊就没有了收藏，这是文化，地摊文化。"话既说到这个份上，又牵扯到文化上来，大家就不好再说什么，于是向全国各地收藏协会发出邀请，请求支持前来设摊交流，并承诺凡摆地摊的，摊位一律免费，还每天赠送一瓶矿泉水、一盒午饭作为答谢。

看着热闹非凡的会场，侯老师似恢复了猴性，蹿上蹿下，左呼右应，忙前忙后，一边给人递水，一边和人寒暄，脸上洋溢着无比欢乐与幸福的表情。

湖南窑口印花水盂
高5.6厘米

褐釉蟾盂

长 6.74 厘米　高 3.53 厘米

人生几度秋凉

学贯中西的林语堂说：“人生必有痴，而后有成。痴各不同，或痴于财，或痴于禄，或痴于情，或痴于渔。各行其是，皆无不可。”这个痴，对于省城古艺术品博物馆馆长虞生来说绝不吝啬，琴棋书画，歌舞辞赋，花香诗酒茶，这些中国人文化生活中的赏心乐事他就占去了大半。

也许是心宽体胖的缘由，虞生长得是体态饱满，戴着一副类似民国时期的圆眼镜，穿着宽松舒适的棉麻丝类衫裤，虽儒不儒道不道的，神态却有几分类似那尊笑佛，只多了一头每天梳得一丝不苟、油光锃亮的头发。年轻时他是一名歌手，在歌厅、酒吧唱歌。“一开工我就属于高收入人士”，谈起往事，虞生面露得意：“那时的鹏城，西风渐进，为忘掉白天紧张到头皮发麻的工作，人们晚上喜欢到歌厅、酒吧逍遥，

红绿彩水盂
腹径 7.31 厘米　高 6.26 厘米

于是歌厅、酒吧是遍地开花。我每天要串五个场子，迟到一分钟都不行，迟到了人家就不给你唱了，下一个接着上，于是我便请起了摩的，我是有摩的的人士咧。你别笑，摩的就是摩托车，摩托车在繁忙的大街上穿行，一点都不会误事，我给摩的司机每天开的工钱是 50 文，我每天几个场下来收入是几百文银，想想看你当时的工资是多少？”我暗算了一下，那时学校出来刚参加工作每月工资也就几十元，还不如摩的司机一天赚得多，的确虞生属高收入人士。他还说起了当年与他一起登台演唱混生活的某歌手，现已是大江南北知名的歌唱家。

更年轻时，虞生是画画的，就是仿宋青绿山水那种，到过很多名山大川写生，与他同期学画的 E 君，现是全国美术家协会的副主席。“你要不要看看我的素描和 E 君送给我的字画？”我好奇心起，自然说愿意，于是他便打开了柜，拿出一沓稿子和一些发黄的照片，果不其然。

我因嗜茶，常到虞生处讨茶喝，他天南地北外出淘古，常带一些好茶回来。一次他从安徽带回了黄山毛峰，便约我过去。到时，水已开，待滚烫的水凉了一会儿，约 85 度才冲下去，青翠的毛尖在杯中上下舞动，清香扑鼻，一小口下去，满口甘冽，我不由自主地说：“好

金钱口影青水注（滴）

长 7.2 厘米　高 4 厘米

茶！”他笑眯眯地说，这是他的一个藏友送的明前茶。我说你这一趟收获大吗？他立马略显沮丧地说：“好东西是越来越难淘了，只得了几件文房器。”说着便逐件小心打开了包装，是几件竹木雕、瓷水洗和玉器。

上次可不是这样，淘到的东西比这次还少，回来后却是兴高采烈，每当谈起那段经历陶醉之情溢于言表。那是他到京城参加拍卖会，中国三大拍卖巨头之一推出的一个拍卖会，共100多个专场，每天分上午场、下午场、夜场，拍卖时间绵延一个多月，书画、瓷器、玉器、银器、金铜佛像、篆刻拓本、竹木牙角、紫砂制品、古典家具、邮票钱币、当代工艺品，拍品数量之多、门类之广、拍品时间跨度长，均为世界拍卖史所罕见。“这个拍卖会那可真是波澜壮阔，气势恢宏！参加一次这样的盛会，这辈子算是开眼了，知足了！”每次谈起，虞生都是连叹几声，两眼满是流连。

又是一个午后的吃茶时间。

“皓月当空，清风徐来，皎洁的月光温柔地洒在梅花树上，曼妙的梅枝影印在纯净的雪地上，一个书生在如云般的雪地上轻吟漫步。”明月清风，月影梅花，读书人，虞生又在向来馆参观的宾客介绍他的青花瓶。他继续介绍：“你们看看这个瓶子是何时的？”三位客人，两个说到明，一个说是清代。虞生说：“都不算错，但都不准确，你们看看这个底足。”他翻转了瓶子，指着底足的一个字问客人：“能看出这是什么字吗？”三客人两位说看不清，一个说似朋友的友字。虞生说：“这其实是个反字，明末清初，江山易手，大明的遗民留恋怀念前朝，策划反清复明，当时景德镇有些窑工就在自己制作的瓷器堆塑上反写‘反’字，为此还招来了一场绞杀。这个瓶子的印记记载的正是那段历史。”

一个穿着民工服的小伙子走进了艺术馆，盯着一面铜鼓看了老半天，最后开口问：“这个铜鼓多少钱？”虞生端详了小伙子足有一分钟后说道：“我这个是古艺术品博物馆，东西不卖的，你可以看，可以欣赏。”说完给小伙子拿了一杯茶。待小伙子走后，我说：“你不要以貌取人嘛！”虞生回应道：“我这哪是以貌取人？这小家伙一定是来探价的，他一定从那土里挖出或发现‘宝’了。你知道，法律规定出土的一律归国家所有，我这是少惹麻烦！况我这东西确也不卖。”

虞生不卖的还有摆放在博物馆入口的北魏石佛像。佛像庄严肃穆，前几年曾有位土豪想请到自己的会所，报价到 300 万元，虞生愣是不卖。

但他会出卖些小东西，比如香炉、文房用品、玉器、珠子链子、小幅的字画之类，每次交易，虞生都

水晶螭龙水盂

长 7.2 厘米　高 4.6 厘米

酱釉笔架水盂

长 10 厘米　高 6.5 厘米

会把门关起来，遵循古玩买卖私密性这一现代人看来大有关门打狗嫌疑的旧规矩。每当此时，我本应退避，但来往多了，自然就不顾此礼数。有些东西，虞生不管怎么说，客人就是不接受。“这么好的宝贝，这样低的价格，为什么还是不接受呢？”虞生一边把玩着一串星月菩提手串，一边咕哝，很是受伤，高山流水，知音难觅。这是一串 108 颗 0.8 厘米大的珠子，枣红色中透着油光，温润熟旧，珠子上有着大大小小深浅

宝石蓝釉卧狗形瓷水盂
长 8.8 厘米　高 5 厘米

不一如弯弯月亮般的风化纹，一看就非凡物。这是多年前虞生游历西藏时从一位高僧大德手里要过来的，为此还大费了一番周折。因博物馆资金紧张，虞生要忍痛割爱了，但谈来谈去就是没谈成。“你认为的好东西别人未必认为好，好东西还需要遇上识货的人才行。”我安慰说：“识货懂货还要喜爱才行，比如我貌似识货，但我不玩这个，识又爱，还要拿得出银子，

宝石蓝釉水牛瓷水盂
长6厘米　高3.5厘米

这串尤物，你说的高僧大德加持过之物，出手就是几万，外面地摊全新的一条是 30 元、300 元，一颗颗挑中又挑、选中又选的最多也不过千元，你让人咋整？总得让人思考下才行。”我讲的这些道理，其实全是废话，虞生心里明白得很。

来了五位客人，挑了一块子冈牌、一块斧上有龙的挂牌，还有一块翡翠帽正后高高兴兴地走了，这是近段时间以来我第一次见到虞生开张有钱收，虞生也显得轻松而愉快。我说：“这几块玉你也敢说是明清玉？”虞生没回答反问道：“你说这几块玉真不真？”我说：“真玉应无问题，比如那块斧上有龙，看起来似沁色自然，老！但这种玉本就长成这样子的，再有雕工也不对。”虞生说：“对了，就是新东西，但他们认为老，我也不反对，你说明清玉这么一个价钱能买到吗？不说明代就说清中期吧，大清乾隆爷到现在是两百七八十年，一块乾隆爷时的玉器一年算一百元的保管费，还不包括材料钱人工钱，这是多少钱？花一千几百就能买到，这可能吗？他们就配玩这种，开心就行了。”说这话时虞生颇有几分嘚瑟：“再说了，我这个博物馆，每天的水电费开支，每月的租金，工作人员的工资，不出售点东西，能维持吗？”

我无言以对。

和田玉螭龙纹水盂

长8厘米　宽5.5厘米　高3厘米

“摩的”继续在这座国际大都市的大街小巷穿行，虞生继续着他的演唱事业。由于虞生俊朗的外表、豪爽的性格、风趣幽默的语言，用现时的话说他的“粉丝”越来越多，邀约也越来越多，薪酬也水涨船高；但今天的他仍坐摩的，已不是赶场子，而是“今时唔同往日”了，他已有当时有钱佬的标配平治座驾，只是为了图便捷，保留他当红歌手时的美好情结而已。他也很少登台，除非是他的哥们过来，非要让他上去露两手，此时他已是拥有一间歌舞厅、两间迪吧的老板。当然，这与他的一位忠实“粉丝”大款投资有关。

在虞生装修得金碧辉煌的歌舞厅，他还请来了俄罗斯的歌舞团前来助阵。当时国门初开，国人对外来的事物都抱着浓烈的兴趣，争相涌入观看。那些俄罗斯姑娘的表演虽还稚嫩，但凭着异域美女风韵，便让虞生赚得钵满盆满。

春风得意马蹄疾，虞生接着加开了咖啡屋、夜茶室、男士发廊店、女子美容店美体店、通宵影视厅……

风生水起的虞生过着颠倒黑白的生活。

这一切，在另一人物的出现后便改变了。

他就是那位后来时常活跃在各类鉴宝节目、言语犀利、在古玩界如雷贯耳的王力军先生。

机缘巧合，他们成了哥们。

酱釉倭角螭龙水盂

底宽6.2厘米　高5厘米

款识：道光年制

这时的虞生，除了干数钱这种俗事，剩下的便是跟着他的哥们附庸风雅玩起了古董，有人说：古董有毒，沾上了就如痴似醉，欲罢不能。又有人说：吃饱穿暖关乎身体，精神食粮关乎灵魂。过惯了灯红酒绿、纸醉金迷生活的虞生似灵魂出窍，他爱折腾的个性又开始瞄上和享受这种古文化传射出的艺术魅力。于是，便开启了他东南西北的淘淘淘，买买买。

太白醉酒水盂

长11.5厘米　高7.3厘米

和田玉梅纹水盂

长8厘米　高3厘米

这时相邻的境外国际大都市，不知何因，突然冒出了一批又一批的夏商周春秋战国至秦汉的青铜器、唐宋的佛像、明清的瓷器等，交易异常火爆，虞生在他的哥们“掌眼”下淘到了数目可观的心仪之物，又以工艺品的名义倒运了回来。如此操弄，彼时可谓寥若晨星。买东西肯定需要大笔资金，虞生便将他能生金银的歌舞厅的股份转让了，迪吧转让了，咖啡屋、茶室、美容店、影视厅等也转让了，最后土豪标配的座驾、别墅也全转让了，换成了今天这个博物馆。

今天的虞生开着一台价值与其车型基本一致的桑塔纳 2000，除因经常抛锚，更多则是为了省油，虞生一般不常用，而更多是迈开矫健的步伐或蹬他收藏级别的 28 寸凤凰自行车，除了这个免费参观的博物馆，虞生已经不是他自鸣得意的什么高收入人士，日子过得紧巴巴，每天的花费还得算计。

“你堪称伟大，太了不起了！”一日饮茶，看着这一尊尊、一件件印证着中华历史华彩乐章、巧夺天工的文物珍宝，我由衷赞叹：“一个民族因为有了它们才不至于迷失，一个国家因为有了它们才更显厚重。”“碰上了，撞见了，我觉得我应该去做这件事，如果不做，我觉得我是在犯罪，是对不起祖宗！我不觉得自己有什么了不起，更谈不上伟大，悦人悦己而已，

寿山石长方形水盂

长 6.6 厘米　高 3 厘米

像唱歌一样，我自己开心也将快乐分享给大家。以前是为了求生，现在是生活，生活总得搞点意思，不然不就白活了？”虞生把话说得云淡风轻：“不怨天不尤人，寻找内心的宁静，寻找心灵的归宿，干自己喜欢干的事情，这不是很嗨吗？”

茶毕，离开博物馆，我照例回头凝望了一会儿装在玻璃罩里的这尊虞生不愿割爱的北魏佛像，他一如既往的宁静，一如既往地俯视着芸芸众生，一如既往悲天悯人的神态。“人生几度秋凉”，在今天这个充满诱惑、充满波谲、充满机遇的和平年代，人生何谓林语堂所说的成呢？是要成为腰缠万贯的土豪，还是某一行业的翘楚？或高官显贵，或衣食无忧的小民，还是做一个随缘听命者或是内外兼修的君子？

是，又似不是！对，又似不对！

街上已华灯初上，耳边忽然传来脍炙人口的《三国演义》开篇曲，那是源自明代大文学家杨慎的《临江仙》：

滚滚长江东逝水
浪花淘尽英雄
……

硕鼠玉米水注

长 10厘米　高 6.5厘米

陕西略阳五花石水盂

高4.8厘米

德化窑千年寿龟瓷水盂

高 4.2 厘米

这山 这水 这人

类雪似玉的杯盏，美轮美奂足以上一桌满汉全席的喜鹊登梅全套餐具，出口中东镶嵌着浮雕、黄灿灿的餐盘、餐碗、小勺，英国皇室定制的维多利亚女王生日纪念盘和威廉王子结婚大庆纪念盘，陶博会上一位客商惊诧莫名：“你们何以能生产出如此精美的瓷器？”

“我们不是今天才生产瓷器，我们生产瓷器是有历史的！”我说。“有历史？”客商满脸的狐疑，那眼神分明似盯着一个说谎的骗子。回答当然是肯定的，北流陶器始于夏商，而瓷器的烧造，这个因河而名之地千年前便开启了这门“土与火”碰撞制造的神奇。

1952 年初春的一个早晨，北流河上游平政乡岭垌村小学，一位名叫朱德三的教师正在田间劳作，突然，“咣”的一声，他挖到了一个圆锥形的东西，拿到手

铜胎掐丝珐琅花卉纹水盂

高4厘米

里沉甸甸的，经过清洗，竟露出了“绍兴二年壬戌岁梁二郎号记”一圈丰筋多力、率意的文字。肚子有墨水的朱老师经翻书查找，知道“绍兴”是宋代年号，“绍兴二年”是公元1132年。这是一个宋代瓷器印花碗模。

朱德三老师不经意的一锹却推开了历史的一个窗口。不久，这个沉寂的小山村迎来了一波又一波的考古队。

1991年11月考古工作者对岭垌瓷窑进行第一次考古发掘，出土宋宣和三年（1121年）的印模和数百件宋元时期生产的碗、盘、盏、碟等瓷器。

1992年10月，数十名权威考古学家浩浩荡荡开赴岭垌村，对一条古窑进行了为期3个月的考古发掘，这就是传说中的龙窑。据说这是迄今为止发现的世界上最大的民间古瓷窑遗址。

岭垌窑大宋时烧制的是那种釉色介于青白之间、青中带白、白中闪青，瓷胎很薄，所刻划或印制的花纹迎光照看内外皆可映见，谓之影青的瓷器。影青瓷就如天上的一抹淡蓝，清澈丽洁，胎质坚致腻白，色泽温润如玉。影青这种含蓄淡雅的风韵，自然极符合宋人的审美情趣，满足当时社会背景下客户的需求。据考证，南方丝绸之路在广西段是从湘江过灵渠，经漓江、桂江，直下梧州的西江，从西江溯藤县的藤江、容县的绣江，到北流的圭江（北流河），然后从圭江登岸，历很短的一段陆路经北流著名的古迹鬼门关，再下玉林的南流江，直抵合浦海港。

岭垌地处南方丝绸之路咽喉地带的北流河的源头，其影青瓷顺流而下，经广州或合浦港出海销往东南亚、中亚乃至非洲等地。

我因看了一本当地学者的书，里面有介绍岭垌窑的情况，便一直有前往探究观赏的念头，终于逮到个假日，成行了，那已是十几年前的事。从北流市区往岭垌村自驾车花了近三个小时，路不好走。

竹制不老松水盂

长9厘米　高3.5厘米

这是一个四周环山、中成盆地的小山村，盆地里有两水交汇（俗称“两水合金”），分别名为石梯水和石龟河水。河边、山脚下全是浓密挺直的翠竹，郁郁葱葱，青翠欲滴，微风吹来，“沙沙”作响，使这个小山村显得格外的恬静。

一位农伯得知我们的来意，热情地为我们引路。这条长 108 米的古窑，像一条俯卧在山坡上的巨龙，对着大路张开大口。窑址边满地都是一堆堆的碎瓷片，这些带着历史记忆的残片，有宋代的影青，有明清、民国的青花。农伯介绍说：岭垌从大宋兴起到 20 世纪 70 年代都有烧制瓷器，元、明时衰落，听老人的老人说，那时的岭垌是繁华富甲一方之地，窑工、船工、客商、小商小贩穿梭其间，夜以继日，周围瓷窑密布，火光冲天，光如白昼，鼎盛时，有窑口九十九条。

“为什么不是一百条，而是九十九条？”我不解地问道。

“凡事不可太满，满则溢，会受损的。”农伯回答。

我大为惊奇，一个深具中国道家哲学思想的观点竟从一位看似普通的农伯口里说出。

站在龙窑往旁看二百来米的山脚下，有一排古建筑，农伯告诉我们：这是中国工农红军第八军军长俞作豫和他的哥哥，曾任广西省主席、爱国民主人士俞

白釉猴子献寿水盂
长10厘米　高5厘米

作柏的房子。这还是我们第一次知晓，决定前往瞻仰。

十多年后的一个冬日，我们相约前往岭垌，专程再次瞻仰俞作豫故居。

阳光明媚，给寒冷的早晨带来阵阵暖意。经过北宝路，通往岭垌村的道路一改以前泥路的坑坑洼洼，变成了平坦坚实的水泥路，一个多小时便到了。

三幢青砖黛瓦一字排开的清末民国建筑，飞檐翘角形如展翅的玄鸟，栖息在虎头山下，煞是灵动，近之给人气势恢宏之感，毫无疑问这是大户人家。

当头一幢是俞家祠堂，中间一幢门口挂着一小块书写工整的方牌：俞作豫故居。

我们在一位老者的带领下走了进去，房屋已很破旧，墙壁斑驳，墙底脱落，有些还长出了苔藓，顶上的木条也有虫咬的痕迹，可见，屋子久已无人居住，但地面还是打扫得干干净净。

走过了头座屋，接着进入一个天井，一束阳光照射进来，洒落在天井角一簇三角梅身上，三角梅花在阳光的烘衬下姹紫嫣红，璀璨怒放。此突兀的一幕让我们措手不及，倏然都怔住了。

忽然想起唐人岑参的诗句："庭树不知人去尽，春来还发旧时花。"

潸然泪奔。

橘皮水盂

腹径 8.42 厘米　高 2.96 厘米

俞作豫，字备予，曾化名刘慈，1901 年 2 月 22 日生于广西省北流县平政乡岭垌村。1905 年入本村大路寨私塾破蒙读初小，1911 年入扶阳高小就读。1914 年考入北流中学第一班。1918 年中学毕业后追随胞兄俞作柏，选择尚武救国的道路，考入广州燕塘讲武堂学习军事，期间他阅读《新潮》《新青年》等进步刊物，开始接触社会主义思想和新文化运动。1920 年以优异的成绩从讲武堂结业，开始戎马生涯，历任桂军排长、连长、营长。1926 年任国民革命军第七军第二旅第三团团长，参加北伐战争，并在著名的贺胜桥战役中表现卓越。1927 年 2 月任少将副师长，10 月在香港加入中国共产党，12 月参加广州起义。1928 年任中共北流县临委委员，6 月任中共北流县县委书记，在桂东南一带开展农运和兵运工作。

1929 年，赴武汉李明瑞部开展兵运工作。同年 7 月，担任广西警备第五大队大队长。同年 12 月，与早期共产党人一同领导百色起义，建立红七军。1930 年 2 月，与早期共产党人一同领导龙州起义，建立红八军，任红八军军长。同年建立左江革命根据地。3 月，红八军遭遇失败，俞作豫与一些中共党政人员赴香港寻找组织。同年 8 月 18 日，因叛徒出卖，于深圳被国民党特务逮捕，押往广州。1930 年 9 月 6 日，俞作豫

灵芝如意形水晶水盂
长 7.86 厘米　高 4.25 厘米

在广州红花岗英勇就义，时年 29 岁。

俞作豫就义前在狱中曾写下诗句：“十年英名宜自慰，一腔热血岂徒流。”这个从岭垌小山村走出的少年，怀着报国的梦想，面对满目疮痍的祖国和多灾多难的人民，选择了正义的道路，为祖国的富强，为救民于水火，为中华民族复兴的伟大事业，不惜抛头颅洒热血，其精神可歌可泣！其英雄气概，彪炳千古！

俞作豫献身革命事业的气概和赤诚，与一位资深党史专家的研究很契合：大革命时期很多富家子弟为穷人打天下，也有不少穷人家的子弟为富人保天下。这与出身无关，与贫贱富贵无关，与金钱无关，与信仰有关，这就是信仰的力量！

藤织大漆水盂

腹径 7.3 厘米　高 4 厘米

俞作豫的共产主义信仰同时还深深地影响了一个人，那就是赫赫有名的北伐虎将，中国工农红军第七军、第八军总指挥李明瑞。他们是表兄弟，两家相距30公里。少时的李明瑞随教书的父亲曾到岭垌俞家生活，念完了初小，并学会了一些拳、棍、刀、剑等武术。

我们要离开小山村了，回头望去，山村依然恬静，翠竹依然浓密而挺直，俞家大屋若隐若现，河水在涓涓地流淌。

这就是中国的农村。中国有成千上万这样的小乡村，世代生息于斯的黎民百姓，事稼穑，读圣贤书，耕读传家，一旦国家危难，放下犁耙，投笔从戎，跃马扬鞭，纵横四海！

『李春』款银制福寿水盂

长8厘米　高2.2厘米

此银制水盂外观形似寿桃，内雕饰蝙蝠，寓意福寿。

赏玩，可以这样别致

赏玩是中华文化的一部分，比起欧美文化中狂欢乱跳的喧嚣，多了一份宁静、一份从容、一份淡然和一份修为。

其实赏玩是一个很高的词，这里说的赏是鉴赏，玩是玩物乐志，玩物慧智，是我们的先师圣人孔老夫子主张的“玩索而有得”。

当人们吃饱穿暖这些物质需要解决后，便会生出更高层次的需求，我们且称其为“精神食粮”。而中国文化生活中的诗书字画、文物古玩便能很好地满足人们的这种精神上的需要。

作为一个中国人是足以自豪的，更是有福气的，悠悠五千年的文明延续不断，各种文明的证物随处可见，甚至可取可收藏，我们生长在这块文化土壤中，不管你在意与否，都会受其营养滋润。

D 君口袋的银两虽然不多，却情趣好古，热衷于

洒金琉璃双螭龙水盂

长 7.2 厘米　高 2.7 厘米

琉璃套料童子莲花纹水盂

腹径 8.5 厘米　高 5 厘米

文房器中的笔筒、笔掭、水洗、水盂、水注这些既烧钱又花精力的玩意，每有机会都会和同好伙伴紧紧抓住不放过，前往观赏一番，从中找乐和学习。在观赏

匏器暗八宝纹水盂
腹径 7.2 厘米　高 3 厘米

的过程中发现唐、宋、清这三个朝代的文房水盂多，元、明这两朝的少。他和同好伙伴曾为了观赏一个标注元代的湖田窑水盂，又是汽车又是高铁地专程到一个中型拍卖会观看预展。据他们事后说，预展的这个水盂初看还以为是水洗，器形硕大，难不成这蒙古人身材高大，使用的水盂也跟着高大？但这件物品器形呈圆锥形，经分析应还是水盂，“传世看包浆，出土看沁色”，经上手看这器物沁色漂浮，于是一致认定是赝品。俗话说：踏破铁鞋无觅处，得来全不费功夫。正当他们在苦苦寻觅这个元代器物时，却偶然在石先生处发现了，这个水盂与去拍卖会看到的那个器形、釉色几乎是一样的，只是略小，但也比一般的大。

石先生是湖南人，毕业于景德镇陶瓷学院，后在家乡的瓷厂干了几年，由于迷古，不安现状便放飞梦想，天南地北结交同好谈古玩古摆地摊 20 多年，现终于正式开店待客，每当谈起古玩总是两眼放光，侃侃而谈，20 多年的江湖经历足以让他见多识广，说起话来如滚滚江水滔滔不绝。石先生为人仗义、豪爽 ，藏友、古玩爱好者天南地北淘来的玉器、瓷器、竹木器、字画、金石印章、紫砂壶、铜制品都喜欢拿去找他交流鉴赏，他都能够直言不讳尽己所能给出点评，并分享他的收藏经验，且分文不取，尽显传统的清流品格和古道热

堆花兰草瓷水盂
高 4.5 厘米

哥釉青花山水纹水盂

腹径 6.16 厘米　高 4.44 厘米

肠，全没有当下一些鉴宝专家、滥竽充数的收藏家故作的莫测高深的派头。据石先生介绍说，有时他也很为难，一些古董发烧友，热情似火，拿了一件又一件的古董给他“掌眼”，就没有一件是老物。现在赝品泛滥，真东西并不像我们想象得那么多，瓷器中的官窑见一眼都难，并不是说落有款识就是官窑，有些官窑就没有落款，这要根据这件东西的器形、生产工艺、时代特征等才能作出判断。面对这些五花八门的东西，真不知说什么好，说真话伤了藏友的心，不说真话又有违自己的良心。

石先生人长得精瘦，蓄着胡子，留着长发，颈里戴着、手腕缠着、手里盘着文玩珠子，腰里挂着玉佩，穿着对襟的唐装。每次和他聊天，总让人有一种恍如隔世的感觉。

收藏，其实质是收藏民族文化的血脉，收藏的目的是学习交流，传承经典。而民间的收藏就复杂得多，有为了赏玩的，有为了炫富的，有投机想一夜暴富的，有跟风的。古董商兼收藏家，有“中国古董教父”之称的美国人安思远有一个为人津津乐道的收藏理念：“如果你无意与这件作品朝夕相对，那就千万不要收藏它。”这位受东方文化滋养得优哉游哉的西方人可谓对民间收藏深谙其道。

收藏界是个极其庞大复杂的群体，收藏魅力形成的巨大磁场，让收藏圈可以吸进各色各样的人等。

我认识的一个叫“大兵头”的就是这平台里出色的一员，他的好古似是与生俱来，对古董有着天生的痴情和迷恋，也有着天生的道行或者说是嗅觉。他喜爱广泛，尤钟情木器、古旧家具的收藏赏玩。我曾和他相约去逛古玩街，满街的假货常让他昏昏欲睡，每遇上一件真货即刻就会神采飞扬。他是那种让人一看就感觉到是有故事的人，不说身怀绝技起码也是身有所长之人。他原在一家企业工作，领着不算低的薪酬，加之家境殷实，过着休闲而又率意的生活，无奈所工作的企业在一次商业冒险中满盘皆输，他只好卷铺盖走人，从此成了社会的闲散人员。好在他多年的收藏颇丰，便开起了古玩店。开店归开店，爱好归爱好，真、精、稀舍不得割爱，老普残又卖不了钱，这样惨淡经营了多年，终于从玩古中脑洞大开，开起了仿古家具工作室，所仿制的明清家具，贵得离谱，在他的工作室制作一套家具单加工费就可到任意一家商场购买到一套。虽如此但门庭若市，每要订制一套家具排期还要在八个月至一年后，建一幢房子都建成了。用他的话说就是：做的不只是桌椅凳，而是艺术品！不只是用来坐的，更是用来“养眼”的，看着你都会舒服！的确，他仿制的明式家具，椅背板、案台、箱柜面板的花鸟虫鱼、文字纹饰图案雕刻一律摒弃现在流行的电脑工，特聘请浙江东阳的匠人全手工操作完成，且守传统“图必有意，意必吉祥”。有些客户需要镶嵌图案的，用的是出自云贵川特有的象牙白黄杨木，这种材质天生细料，大板材质极其稀少珍贵，颜色温润细腻，与红木搭配起来色差明显，高端大气自不必说，可谓不惜工料，做工考究。每定制一套仿古家具开工前都会有图有模，还会根据客户的要求在遵循古法中做出高低大小的适当调整，制作出的每一套家具都形神兼备，简练、典雅、古朴、大方，运用古代榫卯结构，奇巧、牢固，令人叹为观止。尤其是用本地名木

钧红釉螭龙水盂

腹径 7.2 厘米　高 6.2 厘米

老格木做的圈椅、四出头、画桌、翘头案、博古架，将格木的粗放厚重表现得淋漓尽致。大兵头还承接起了旧木雕、旧家具的修复，经他手修复出来的旧木雕、旧家具，“修旧如旧”，饱含历史的沧桑，极大地保留了原物的风貌。

赏玩，能玩得如此推陈出新，亦当不负先师圣人言矣。

红釉水盂

腹径 11 厘米　高 5 厘米

阿兰德！新疆！

到了新疆，生命似硬生生给拉长了。早晨六点多钟太阳便升了起来，空气冷飕飕的；随着太阳的逐渐升高，气温变得温暖宜人；当太阳升至正中，天气变得酷热难耐；晚餐晚上九点，窗外还是艳阳高照；

德化窑水盂
腹径 7.14 厘米　高 2.39 厘米

饭后散步，凉风习习。一年四季，在一天之中便全过完了。

大山、大川、大峡谷！大石、大漠、大草甸！

新疆给你的不仅是新奇、粗犷、壮丽，还有细腻。路旁、溪边，随处可见楚楚动人的秋英、玉树临风如君子挺立的雪菊、散发着香气的猪毛蒿，它们无处不在，包裹着你，美得让你想哭！

到了新疆自然想去品鉴下有“国玉”美誉的和田玉。《礼记·玉藻》中曰：“君子无故，玉不去身。”武汉大学艺术学院易老师的“每一个中国人都应有一块玉。不管质地如何，你喜欢的就是最好的”，我深以为然。

在一路同行的驾车小伙子石头的引荐下，我们到了赵国强在一个小区开的店，店不大，但老板很牛，牛得不时地拿他的佩玉显摆。这是一块红色带有丝质感的透闪石，还会在阳光下变换些微的颜色，说红其实也只是淡红、粉红，这就是行内传说的“一红二黄三白四墨”、和田玉中坐头把交椅的红玉了。在店里摆着的还有一块，颜色更淡，因这种料的稀缺性，自然昂贵。传说教人开心，现实中“艳若鸡冠”的和田红玉谁都没有见过。而犹如凝脂、洁白无瑕、莹透纯净、温润致密的羊脂玉自古以来更受追捧，是和田玉中的极品。

现代人玩玉“尚白”，白玉虽多，但拥趸更多，别以为到了新疆就一定能淘到新疆本地出产的和田玉，好东西是会长腿的，哪里有需求就跑到哪里去，青海

砗磲海棠形水盂

长6.97厘米　高3.18厘米

绿釉水盂
腹径 6.34 厘米　高 3.56 厘米

省（青海料）、俄罗斯（俄料）、朝鲜半岛（韩料），到目前为止发现上述地方同样出产白玉，且在检测机下，其结构、成分、指标同新疆和田地区出产的和田玉是一样的，都是透闪石，都可称为和田玉，无论大商家小商家，大商场小商店，都可这样称呼这样标注，这个没毛病，国家出台的标准就这样，现今和田玉的名称已不具备产地意义。但和田玉玩家和藏家可以很明确区分出它们之间的区别，它们的价格也相差甚远，总体上说，新疆和田玉最为名贵，其次是俄料，再次是青海料，最后就是韩料了。如果说，要淘一块正宗的中国新疆和田地区出产的和田玉，怎么办？说实在的，那就只能靠你的经验和眼力了，再有就是诚信的商家或朋友。

“石之美者为玉”，这石头和人是一样的，有些人长得靓，有些人长得丑，长得靓经过包装成了明星，身价百倍，长得丑又不善于包装就永远只能是普罗大众。和田地区的玉有好也有不好的，有长得靓也有长得丑的，外地的料同样是这样，但同一级别，或都是上品的搁一起，永远是和田地区本土产出的更受欢迎，卖价也更高，关键就在于那点说不清道不明的温润，光华内敛。

赵国强赵老板在耐心解说着他店里摆放的玉雕摆

粉青釉蝴蝶形水盂

长 7.3 厘米　高 2.7 厘米

件、挂牌、挂链、手镯、珠子、仿生雕刻；新疆和田料、青海料、俄料、韩料；不同产地的和田玉分门别类，整齐有序，泾渭分明。我想，这与赵老板年轻时当过兵有关。他顺手拿来了一块长方形的挂牌，牌子洁白，雕刻着似龙非龙、口含灵芝、目露凶光的神兽，说是一块寓意驱邪压煞纳吉的和田本地牌子，我们都不敢苟同，于是交流对话便开始了：

“你怎么敢说这块是本地料呢？牌面缺乏脂感，光亮亮也太透了。”

“这块玉料，市面上非常少，见过的人不多，识货的人更少，开始时我也不敢认，这是一块糖白玉，你看这个角，还有糖色。”

“俄料也有糖！”

“那不一样！俄料的糖就像俄罗斯姑娘，浓烈、奔放，就像烧焦了的糖；我们中国的糖就像江南女子，婉约、淡雅，很柔美，很自然。”

“就算如你所说，单凭这一点也不能证明！”

“我玩了几十年的玉，见过的玉可谓无数，什么是和田玉，我感到我是越来越说不清楚了，但单凭这点还是可以证明的。另外你看这个结构——致密、细，打灯看不出结构，拿到手里沉，说明比重大。”

“青海料也有密度很高的呀。”

蓝地轧道粉彩云鹤纹水盂

高6.5厘米

款识：六字三行篆书款“大清乾隆年制”

“是的，青海料与和田料同出号称‘万山之祖’的昆仑山脉，与新疆和田玉在物质组合、产地状况、结构几个特征上基本相同，可谓大自然中的孪生兄弟姐妹。老坑的青海料质地细，可与新疆的和田玉山料相媲美，但新坑的质地就差许多，容易泛黄。青海料单一只有山料没有籽料，不像俄料，同新疆和田玉一样，有山料、山流水、籽料，目前暂无发现有戈壁料。市场上的高端白玉，大多为俄料，因为其白，所以很

哥釉水盂
高3.3厘米

受欢迎，但其干，缺乏油性。”

“你意思是说这块是籽料？”

“这个可不敢胡说，我认为这块应是山流水料。”

“哦，对了，韩料就是似你这种玻璃般光泽。”

“不错，韩料也有脂质感，也呈现出玻璃光泽，有些还很透明，但韩料没有这个重量，其结构就像骨质疏松一样。”

相玉是一个复杂且需要经验积累的过程，仅凭看了几本书是不够的，更需要在实践中反复上手，认真揣摩，细心甄别，才能不断提高。识货，懂货，说明你有眼力，能给你带来很多快乐！

和田玉历史悠久，是中华民族文化宝库中的珍贵遗产和艺术瑰宝。中国是世界上唯一将玉与人性相融的国家，这是一种很独特的文化现象。古人对玉有五德说，有七德说，先师圣人孔子曰：“君子比德于玉。”认为玉有十一德：仁、智、义、礼、乐、忠、信、天、地、德、道。这些观念逐渐为古代社会所接受并成为安身立命的精神支柱。在中国传统文化中，这种哲学思想产生无限深广的影响，直至今日。

领略了国玉的绝代风采，我们上车继续前行，处于怡悦状态的石头和小刘大美女，居然放声高歌，一首热情奔放、悠扬的新疆民歌唱得一惊一乍的，像嚎

豇豆红水盂

腹径 6.95 厘米　高 7.25 厘米

叫像裂声让人实在顶不住，在全车人的求饶下，他们终于停嘴。石头，这名字取得也真靠谱，长得人高马大如石头般坚实，唱歌不行但一口带着地方调的普通话却流畅动听，家住阿勒泰的他还教会了我们一句哈萨克族语“阿兰德”，说是“非常好，再见！”的意思。

石头祖辈就到了新疆戍边，是正宗的新疆人，也是正宗吃货一枚，与我们的队友小刘大美女有一拼，傍上他俩我们得以大快朵颐，什么馕、拌面、烤羊肉、烤羊肝、烤羊肚、烤狗鱼、大盘鸡、风干肉，一路过来一路尝，还有那烤包子，一口下去满嘴羊油，怎一个香字了得。在路边的瓜棚，石头拿起一个瓜，手起刀落就成了两半，小刘惊叫：“你怎么不问价钱？”穿着民族服饰的老大娘和善而友好地笑了：“他是大人物，来都来了，还说什么钱。”

这瓜甜到心里去了。

一举平定阿古柏叛乱、收复新疆的民族英雄左宗棠，曾在呈朝廷的奏折中写道：“疆人多善良，善歌舞。”提出“为政先求利民”的治疆方略，并运用他早年学到的经世致用之学识开发新疆，兴修水利，由他倡导修建的坎儿井至今还在使用，并成为一大景点。

翻过了一座座的山，越过了一片片广袤的草原，看了一边是郁郁葱葱的银杏、油松、樟子松、西伯利亚红松、红皮云杉、侧柏、千头柏、银白杨、胡杨、白柳、垂柳、白桦等等，一边却是光秃秃乃至寸草不生强烈反差的奇特景观。游了神石城，瞄了白沙滩，一天的路程，终于到了可可托海镇。可可托海，哈萨

青花莲瓣纹马蹄形水盂

高3.5厘米

青花缠枝莲纹水盂
高2厘米

克语的意思是“绿色的丛林”，蒙古语意为“蓝色的河湾”。

这是一个以前在地图上找不到、高度保密的地方。

我们首先前往可可托海稀有金属国家矿山公园。

长期隐秘于深山之中，不为人所知之地，今天却辟成公众场所。世事沧桑，国家变得更清明而自信。

入门不远就是三号矿脉，呈草帽状，帽高、宽均为250米，帽檐直径2000米，厚20~40米。有形容这个深陷地下143米、一圈一圈的内壁旋车道的大坑状如古罗马的斗兽场。我觉得，这更像一个硕大无比奉献了自己血和肉的海螺，螺尖一汪碧水直照苍穹，如在禀报一个民族的苦难和辉煌。

这是世界上最大的矿坑之一，是我国的英雄矿、功勋矿，世界上已知的140种矿物质，该矿含有86种，门捷列夫化学元素周期表上，本来没有的7种稀有元素，是靠三号坑的发现添补上去的。稀有金属占到矿山储量九成以上，其中铍储量居全国首位，铯、锂、钽储量分别居全国第五、六、九位。其矿种之多，品位之高，储量之丰富，层次之分明，开采规模之大，

青花山水纹水盂
高7.8厘米

青花双喜缠枝莲纹水盂

高 7 厘米

为国内独有，世界罕见。这里采到过16公斤重的海蓝宝石，17公斤重的黄玉，60公斤重的钽铌单晶矿，500公斤重的水晶块，12吨重的石榴石，30吨重的绿柱石晶体等。这里是世界公认的“地质圣坑”，是中外地质学者心目中的“麦加”，被誉为“天然地质博物馆”。正是这个坑，在20世纪60年代曾为国家偿还了苏联47%的债务。也就是这个坑，为我国的第一颗原子弹、氢弹的爆炸和第一颗人造卫星发射升空立下了不朽的功勋。

在这个大坑南面往上不远处便是阿依果孜矿洞，该矿脉于1949年被当地矿工阿依果孜·沙里木发现，后这个矿洞便以他的名字命名。我们刚到洞口，便感到一股透骨的冷气从洞里涌出，只好租用了军棉大衣。

阿依果孜矿洞长约800米，洞内有许多错综、交叉、相通的巷道和勘探井，仿佛地下迷宫般充满神秘感，巷道岩壁上清晰可见开凿痕迹和裸露的矿脉，在仿油灯和为方便参观而安装的各种彩灯烘衬下，星星点点，荧光的“石英河”“云母巢”熠熠生辉，蔚为壮观。伟晶岩、铯榴石、共生的钽铌、绿柱石在岩层中最初的状态也得到了最佳的展示。

阿依果孜矿洞原先并没有这么明亮、宽敞，为了旅游开发需要，有些地方做了加高加宽处理。在这样

珊瑚红描金水盂
高5.5厘米
底镶金刻印章款：梅巢自玩

阴暗潮湿的环境下，我们穿着军棉大衣尚感寒气逼人，当年的工人还要佝偻着身体采矿，用的是榔头、钢钎、十字镐、铁锹等简易工具，辅以小型机械设备进行坑道开采，形成今天看到的如隧道一般的矿洞。洞内雕塑有当年矿工工作的场景，挂有当年矿工工作的照片，从照片上看，当年矿工的脸上洋溢着的是自豪灿烂的笑容。当讲解员说到，当年的矿工每天要工作十几个小时，每天只能吃到六碗糊糊（用玉米面、面粉等熬成的粥）时，在场的人无不肃然：老一辈矿工为了国家、为了民族的奉献精神，令人敬仰！值得铭记！

我国的核潜艇用的钽、铌就是这里出产的。在矿洞的尽头，一条长长的阶梯直通出口，这是当年矿工每天下班的必经之路，也是这个洞最宽敞的地方，讲

粉彩钟形人物纹水盂

高5.5厘米

粉彩倭角红楼梦故事水盂

长 3.9 厘米　高 2.9 厘米

解员说："阿依果孜矿蕴藏的是我国核工业所需的原材料，现在还很丰富，因各种原因，现关停了，希望永远不再开采，永远关闭，希望世界和平，永远没有战争。"

是的，中华民族是一个热爱和平、珍爱和平的民族，但当今世界不太平，百年屈辱史也告诫我们"大国重器"不可或缺！

可可托海不是海，但它如大海般浩瀚、丰饶，是上天赐予中华民族的厚礼！是大自然赋予中华民族的珍宝！它像祖国的一个顽皮少年，因富有而深躲，因珍稀而远藏。

"人生就像一场梦，新疆就是一个梦。"开车离开矿山公园的石头，突然又蹦出了一句口头禅。的确，新疆就如梦般美丽，她丰腴、肥沃、广阔，美不胜收。不到新疆，不知祖国之大，不到新疆，不知何为物华天宝！

桂子飘香，不知不觉，假期结束。

新疆我还会来！

阿兰德！新疆！

粉彩人物方形水盂

边长7.1厘米　高6厘米

青花海水龙纹水盂

高3.8厘米

青花人物瓷水盂

高5.2厘米

款：大清康熙年制

收藏胜似昆冈富

1

大洋那边的刘生又给我打电话了，他说刚刚做了一个梦，梦见和一帮朋友饮茶，聊古玩，其中有我。

刘生在国内上过电视、上过报刊的专题报道，获得过官方举办的省级集邮展奖，受邀参加过全国红色收藏博览会，是小有名气的红色收藏家。红色收藏是他的专项，这部分即便是相同的两件，刘生也是不肯割爱的，这方面他就像那尊张着獠牙大嘴的玉雕貔貅，只进不出。

初夏的一天午后，天气尚存凉意，我和小李相约前往容州拜会刘生。他身材中等，略胖，宽额方脸，是位皮肤白皙的老者。刚到门口就听到屋里嘭嘭、嘭嘭的响声，推门进去，只见这位平时衣着整齐的儒雅之士此时穿着马骝褂，手里拿着行头甩开膀子正干得欢。刘生农家出身，世代拽耙扶犁，年轻时干的是木工活，有一技傍身，后来参加工作，后来当了官，退休抱朴含真又回到了原点干起了木工。

祭红釉海棠形水盂
长9厘米 高4厘米

青花人物故事水盂

高7厘米

一楼是他的古旧家具修复室，无论谁进去都会为之一震，正面一张案台上一幅两米多宽、三米多高的毛主席标准像赫然在目，这是苏州刺绣厂的产品。地上是一堆各种材质的木料、花板和缺胳膊少腿的旧家具。刘生看到我们进来，面带微笑招呼，由于早已熟稔，我们便径直走上二楼，小李像发现重大秘密一般说：“整天叮叮当当，原来刘生躲在家里造假。”我说：“古旧家具必要适当的修复，行规里修复不超三分之一都不算造假。比如换一块背板或坐板，换一条腿，换一个靠手都不算造假。”小李还是固执己见，我觉得和一位只知道椅凳是用来坐、不懂中国古代的椅凳还有一个更重要的功能是为了体现尊严的人争论没有意义，只好说，你说造假就造假吧。

二楼是刘生的接待室，四周挂满了样板戏《白毛女》《智取威虎山》《红灯记》等宣传画，乍然间，恍如穿越。刘生请我们坐到了那张出筋露骨的明代格木八仙桌旁，用他那套碧玉茶杯，每人分了一杯热气腾腾的工夫茶。我忽然发现，往日挂在墙上的一副赵朴初先生的书法对联有些异样，便问：“怎么变得这么新了？”刘生舒畅地答道：“那副真迹出手啰，这是复制品。”

赵朴初的这副“收藏胜似昆冈富，书卷长留天地间”行楷书法对联，书写得可谓古拙而灵动，隽秀而饱满，

青花釉里红水盂

高 5.5 厘米

雍容而自在，对任何一个热爱收藏的人来说都是可遇而不可求的缘分，怎么就舍得出了呢?

“我这叫穷人的收藏，以藏养藏，包括下面一楼修复室那些旧家具，遇到喜欢的人都可以出让的，这都是为了保住和扩大收藏自己的至爱啊，其实玩收藏的人都没钱，在文物面前都是穷光蛋。”刘生坦荡地说道。

接着话锋一转，像考官一般问:“你说说赵老这上联，‘收藏胜似昆冈富’是什么意思?”

我揣摩了一下，说道:“这句中的昆冈应出自南北朝周兴嗣的识字韵文《千字文》，‘金生丽水，玉出昆冈’。自古以来就有黄金有价玉石无价的说法，‘收藏胜似昆冈富’，是说玩收藏就不只是富得流油那么简单，其富有是不可估量的。”

刘生听完上下眼皮一收形如一弯下弦月，露出了他的经典表情，笑眯眯地说：“不错，你总算是看了两本书的人。”

我本想说岂止两本我三本都有，但想想在老前辈面前要谦虚，便把到了喉咙的话硬生生给咽了回去。

刘生在收藏界颇有威望，不仅饱读诗书，还收藏有不少宝贝，我们在他面前不敢造次。

有一年，刘生到沈阳女婿老家过年，吃饱喝足后无所事事，就到沈阳古玩市场转悠。转到一个地摊时，他突然眼一亮，捡起了一个灰头土脸的大海碗，只见釉面粗糙凹凸不平，近内侧口沿处书“大雅斋”楷体三字，旁一方“天地一家春”盘龙篆书椭圆红章，碗外底足中署矾红彩楷书“永庆长春”四字双行款。刘生窃喜，知道大雅斋是慈禧老佛爷书法画室的号，“天地一家春”是她私密的个人居所，大海碗浅蓝地粉彩花鸟紫藤纹饰。刘生断定这件东西出自宫里无疑，便手不离碗探起价格，货主爽快要价五百元，刘生强压住激动还价。这是古玩买卖惯常的博弈，还价了证明你喜欢就必须要买下，还价不买没人有空陪你玩；如不砍价，太干脆，有些货主会怀疑自己卖漏了，反悔起来这买卖又做不成。一番讨价还价后，刘生以四百元拿走了这个据货主说摆了大半年都无人问津的碗。“吃仙丹”的刘生把碗拿回家里鉴赏了大半年，后被一明清瓷藏家看中，以二十万元收走，刘生“捡漏”这事为藏友津津乐道，可谓一战成名，从此奠定了他在古玩界的江湖地位。

在刘生处喝茶聊天，不只是能咀嚼到一杯溢着幽幽槟榔香味的陈年六堡，每当你谈到一样物件时，他都会到另一间居室迅速拿出一本相应的书给你看，我很惊讶，认定他还开了一间图书馆。那些年的冬季，

青花博古纹水盂

腹径 4.97 厘米　高 5.03 厘米

青花百寿纹水盂

高 5 厘米

青花山水纹水盂
高4.4厘米

刻花碟形瓷水盂
高2.5厘米

每当寒夜降临，到刘生处喝茶便成了我的习惯，八仙桌正中一个酒精炉烧得吱吱作响，在给上面一个有着长长侧把的紫砂公道杯保温茶水，空气中袅袅淡淡的茶香弥漫，有时是闷头阅读啜茗稽古，尽享清旷闲远，有时是天马行空瞎扯、争论，大有围炉夜话的场景，今天想起仍让我感动。我记得在刘生处还看过一本书，那是一个收藏爱好者写的专门针对“汝窑无大器”这一观点展开的反证，证明汝窑不但有大器，还非常多，洋洋洒洒、图文并茂，这一颠覆基本认知、改写中国陶瓷史的孟浪举动，未免令人生出蚍蜉撼树之惊叹。

乘着茶兴到绣江边漫步，我们登上容州古城郭，远眺峤山清淑，近观绣水凝蕴。城郭内有建于唐乾元二年（759年）的经略台，经略台上面是建于明万历元年（1573年）的江南名楼真武阁，被梁思成教授赞为“我国古代建筑史上罕见的一颗明珠”。另一老物为唐代遗珍景子铜钟，庄重雄健，宝光莹润，这个超千岁的人间瑰宝，原用一根篾条串起顶部龙纽悬挂在真武阁旁的钟楼。日寇犯我中华时，山河破碎，鬼子趁乱觊觎我宝物，派兵到容州劫掠景子铜钟，铜钟搬上船，船体剧烈摇晃，眼看就要翻船，往返几次莫不如此，只好抛下宝物，灰溜溜滚蛋。系铜钟的篾条已不知所终，神奇的故事口口相传成了佳话。

郭边还有大宋朝时生产青白瓷的城关窑遗址。郭外有儒释道三教相融的都峤山，以及中西合璧的民国建筑遍布城乡。独特的人文历史让容州人形成了惜物爱物的风尚，催生出一支支走街串巷、活跃于乡间的“铲地皮”（收古董的贩子）。在这帮铲地皮客的鼓噪下，容州人对老物件情有独钟，收藏蔚然成风，无论长者或少年儿童说起古物都能来个只言片语，一般人家都会藏有一两个老物件，出现了一众小有所成的家具收藏家、高古瓷器收藏家、明清瓷器收藏家、民国文物收藏家。

刘生生于斯，长于斯，自然受到熏染，他杂七杂八什么都收，归类应为杂家，自诩为“垃圾佬”，说自己与收藏家还沾不上边。收藏总要有些价值，比如历史价值、文化价值、艺术价值、经济价值、科研价值，你总得占一两样才有收藏价值。言谈举止间谈及收藏话题，刘生总是表现出一位收藏长者的内涵和从容淡定的气质。

2

刘生顺势而为，提出要将容州玩古董的散兵游勇组织起来成立一个协会，以便于交流、学习和提高眼力。此点子一出，众人无不欢呼雀跃，应者云集。

矾红描金花卉瓷水盂

高 6.2 厘米

铁锈花梅纹水盂
腹径 7.1 厘米　高 2.71 厘米

要牵这个头，你总要拿得出一两件有价值的东西。为此他定下了标准：玩字画的必须要有大师的作品，玩陶瓷的必须拿得出官窑的东西，玩石头玉器印章杂项的也要有顶级的物件，这样才能使众人臣服。

当然，官窑的东西，他有。那晚，刘生和藏友谈话后回到工作室，从木柜里小心翼翼地捧出一个大盒子，打开后郑重其事地拿出放在书案上，静静地盯着。这是一件重器，平时不轻易示人，这就是收藏者的一个境界："收藏喜爱物，珍藏于密处，闲时常赏玩，其中多乐趣。"

这是一个文房大缸，缸面上波涛汹涌，一条矫健壮硕的大龙，目露凶光，张牙舞爪，腾云驾雾，大有呼之欲出之势。

这是件青花瓷器，晕散似中国独有的水墨丹青的渲染，透露着永宣青花的神采。

永宣青花如雷贯耳，是后世公认的青花瓷器的顶峰，开创了中国青花瓷的黄金时代，几百年来为中外收藏家梦寐以求。

永宣青花，永则是永乐，朱棣皇帝的年号；宣则是宣德，朱棣之孙，从小跟随爷爷行军打仗、颇得爷爷真传、英明神武的朱瞻基皇帝的年号。这位被称为"蛐蛐皇帝"的好玩主儿，还是个造诣颇高的

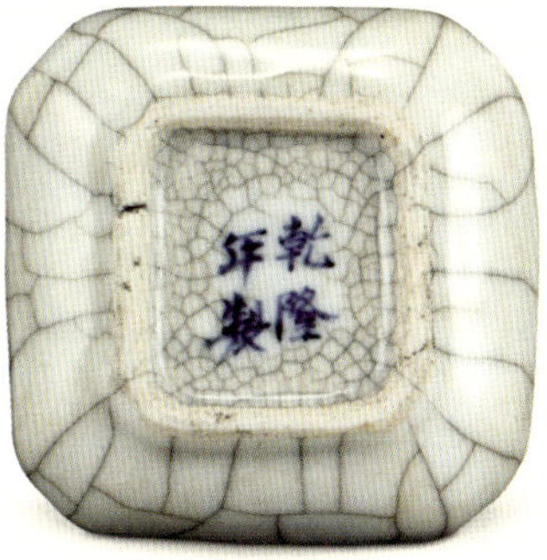

哥釉铁锈花水盂

边长 7.72 厘米　高 3.49 厘米

炉钧釉瓜棱形水盂

长 4.39 厘米　高 5.65 厘米

艺术范儿，才华横溢，治国魄力非凡，玩儿起来同样魄力非凡。除了痴迷斗蟋蟀，因酷爱铜香炉，下令专门从暹罗国（泰国）进口了一批红铜，铸造了三千座大气异常、光华夺目、堪称艺术珍品的大名鼎鼎的宣德炉，惹得后世迄今都在不断仿制。朱瞻基的玩儿惊世骇俗，正所谓“玩物丧志，其志小，志大者，玩物养志”。

朱瞻基在位十年，守成有为，开创了足与大唐盛世“贞观之治”相媲美的大明盛世“仁宣之治”。“国无瓷不强”，强盛的国力助推着帝国制瓷业的发展。

朱棣性格残暴，权欲熏心，好大喜功，这样的性格甚至影响到了永宣瓷器的烧制，这时期的瓷器器形硕大，就是皇帝心大，气魄大，凡事都要大，瓷器理所当然必须大。朱棣很难称得上是个好人，但却是个好皇帝。简言之，燕王朱棣发动“靖难之役”把正统继位的侄子朱允炆赶下皇位，自己当仁不让毫不客气坐了上去，用自己的天赋和雄才大略昭告天下：谁更应该坐上这把龙椅！

朱棣在皇帝位上，修大书，迁北京，建紫禁城，五次北征，六下西洋，无不彰显其勤政恭事、励精图治，立下赫赫千秋功业。气势如虹的朱棣有违祖训攻下南京登顶大位成执牛耳者便牛刀初试，寻思着为其老爹明太祖朱元璋修建一个神功圣德“天下第一碑”以表孝心，以示正统。为开凿这个石碑，他从全国各地征集了数万能工巧匠，浩巨的工程致累死、摔死、完不成工作量被处死的无数工匠尸骨堆成隆起的小山包，使附近的一个小村变成了“坟头村”。此石碑凿成后计划立在朱元璋的孝陵，后发现运输、吊装根本就是无法完成的任务，这三块硕大无朋的巨石——阳山碑材至今仍趴在南京城外汤山镇的阳山南侧。

言归正题。永乐皇帝朱棣派郑和下西洋给瓷器带来的影响就是带回了苏麻离青，也叫苏泥勃青、苏勃泥青等，简称“苏料”。“苏料”的来源众说纷纭，“西洋说”是较权威的一种。目前，地球上暂未发现有第二个产这种钴蓝料的矿，所以永宣瓷器灵魂般存在的苏麻离青像一道屏障，令后仿者孜孜追求又无法逾越。苏麻离青闪亮登场且经久不息，为中国的陶瓷美学带来了一道绚丽的风景。

刘生用手轻轻地拍了拍海水龙纹文房大缸的边沿，喃喃自语道：“老爷子，该‘您’出来露露脸了。”

3

周五的下午，受筹委会所托，我们找谢守诚征求关于协会会长人选的意见。谢守诚的百年老店至诚斋

豇豆红钟形水盂

口径 4.98 厘米　高 5.03 厘米

青花龙纹水盂

高4.3厘米

款识：大明万历年制

就开在容州老城的骑楼街，我们一行表明了来意，谢老板沉吟了半晌，说，如果大家选他，信任他，他会硬着头皮上。接着他还提了几个副会长的人选。我们问刘生任会长是否合适？谢老板认为刘生能力足以胜此大任，但他觉得刘生每年要花几个月赴国外看望女儿，保障活动时间会成问题。

春风得意马蹄疾。藏友对成立协会的热情使得刘生精神抖擞，这晚他又召集藏友开起茶话会。刘生叙说，荆楚大地，文化璀璨，坐落在风光旖旎东湖之滨的湖北省博物馆，里面就藏着堪称中国青铜时代铸造巅峰之作的国宝，是一个让你震撼得去了还想去的地方；喜欢字画的，务必要到故宫博物院武英殿看看；爱好瓷器的，千年瓷都景德镇不可不去，上海博物馆、广东省博物馆、观复博物馆都要走一走。收藏协会的正副会长，应该广闻博识，必须要有游历博物馆的经历。此建议一出，大家都欣然认同。

刘生又提议，为扩大收藏协会的影响力，也是为协会成立预热，搞一次藏品展览会。这些建议都被收藏协会筹委会接受，决定展览会设在百年名校——容州市中学的旧教学楼。这是一幢哥特式中西合璧两层建筑，古朴典雅，雄伟规整，展览会选址在此不失为得其所哉，相得益彰。

刘生一如既往地展示他的收藏专题——“文革”时期文物藏品。其中有一枚和田白玉毛主席像章很招人眼球，刘生介绍说，这枚像章是有故事的，“文革”时期反对“封资修”，有些地方做法极左，认为佩饰这种追求美的行为属于“封资修”，有位青年工人极其喜爱家里传下的这块和田白玉，灵机一动利用工厂里的刨床、钻等工具在这块玉石上雕刻了毛主席的头像，从此天天佩戴，羡煞旁人，无人敢干预，这枚像章就是刘生从这位工人的手上花大价钱收来的。刘生讲完，大家都被这位青年工人的心灵手巧深深折服。

其他藏家拿来参展的有老旧照相机、电话机，民国时期的街贴海报，明清、民国瓷器。瓷器杯盘碗碟日常使用器居多。另外还有佛像，钱币，金石拓片，文房四宝中的笔、墨、纸、砚和衍生出的文房用品笔架、笔洗、水丞、水注、小插屏等。

展览会隆重开幕。五花八门的藏品、周密的编排、精致的布展，为容州市上演了一场文化盛宴，冲击着这个热爱文物的收藏大市，掀起了阵阵参观热潮。

为了公平、公正选出一位众望所归又具实力的会长，筹委会决定举办一场交流会，让有意竞争会长的人选进行一轮持物论战，这个交流会，说白了就是斗

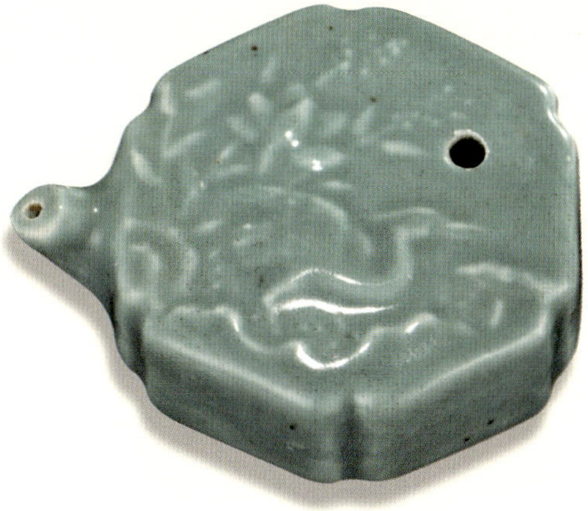

蓝釉一鹭莲生水注

长 6.3 厘米　高 2.4 厘米

青花福禄寿纹水滴

长 8.2 厘米　高 2.7 厘米

宝会。

会前秣马厉兵，会期如约而至。刘生、谢守诚、田谱等一大干人马都到了，黄二狗来得更早，这二狗不玩古，就玩个热闹，他是哪里热闹就在哪儿出现的人，是个手脚勤快麻利，常主动自觉地搭个手帮个忙什么的，有饭开有酒喝自然不推辞、没有也无所谓的闲人。

陈发财也来了，这让刘生心里有点不爽，不觉皱了皱眉头，这人来干什么？就一“菜鸟”，平时就爱买些“动过手”的手镯、手链、项链、珠子什么的骗女孩子玩。

交流开始，谢守诚老板首先拿出了他的宝贝，一件宋代的茶盏，一件宋代的印模。宋人好斗茶，茶具也做到极致，这个茶盏，宛如翻转的斗笠，线条简洁明晰，盏里外一抹幽幽的青翠撩人心弦、摄人心魄。这是本土大宋朝时的产品影青瓷，又名青白瓷。在场的人大都没见过如此完美的器物，此物一出，喝彩声一片。谢老板另一件印模，虽美感不足，但对研究宋代本土瓷器，价值也相当高。

地方窑口的瓷器，因含蕴家乡情结而受到本土藏家的格外珍视。

接着刘生捧出他的盒子。这时大门被推开，一位身着旗袍、身材曼妙、明眸皓齿的女子走了进来，女子高绾发髻，细长的脖子就如颈上的佩玉洁白温润，精致动人。众人眼睛一亮，这不是那位足不出户、日进斗金、开网店的店主张丽琦吗？平时骄傲得像个公主。

张丽琦嫣然一笑，和众人边打招呼边握手，黄二狗正怔怔地看着，“二狗好！”张丽琦转身问候了二狗并伸出她的纤纤玉手，黄二狗万没想到张丽琦对他也这么客气，忙不迭双手往自己的衣服猛擦了两把赶紧伸了出去，大家都被二狗这熊样弄得哄然大笑。

张丽琦优雅地坐下后，刘生已慢腾腾、稳妥妥地把他的器皿摆在了桌面上，大家重新把眼光集中到了这件瓷器上，同时发出了阵阵惊叹，但见桌面上的海水龙纹文房大缸，青花发色浓艳，色闪黑蓝，串珠状凝聚处可见自然形成的黑褐色结晶斑深凹胎骨，口沿下古拙的楷书“大明永乐年制”六字青花横款，大“开门”“一眼货”！玩瓷器的都明白，精品难得，像永宣官窑瓷器更是难上加难，永乐瓷器多无落款，像这件有款更是少之又少，能见上一眼就犹如享用了一顿山珍海味，今天大家都见上了。“养眼了！”“旧时王谢堂前燕，飞入寻常百姓家。”大家纷纷赞道。

看到众人的表情，刘生心中释怀了，为了这个缸耗尽了他的积蓄外加一对海黄圈椅，他甚至感到能和

灵芝水盂

长13.1厘米　高6厘米

素三彩葫芦形瓷水盂

长 11 厘米　高 4.5 厘米

大家分享收藏的快乐而小激动……

一波热浪过后，张丽琦从她的香奈儿包里掏出了一个红木小盒，一系列灵巧的动作后，一块淡淡黄影的石头摆放到了桌面上，石头上施薄意技法雕刻了一尊长眉老者和一尊笑容可掬的大肚弥勒佛，这应该是一幅寓意知足常乐的图案。这块卵状石头下线条优美的紫檀底座，精雕细琢，文雅机巧，显然出自苏作，和上面的石头摆件珠联璧合。张丽琦介绍说这是一块田黄石，众人的目光即刻被锁定，接着又是一阵惊叹。

田黄石是寿山石系中的珍宝，有“中华神物”“印石之王”等尊号，利于文人雅士操刀篆刻，在方寸之间或遒劲、清奇，或追古、旷达，展示笔意、刀趣，抒发情怀，田黄石因文人雅士的赏识而镶入了高雅、品位等文化内涵。

张丽琦的这块田黄艺术摆件，通灵莹澈，宝气逼人，迎光照肌里隐含如丝的萝卜纹，间有红筋格，骨头里透着黄净，上手把玩嫩滑如婴儿肌肤。田黄这种稀世之珍，能见上一眼都是福气，能上手那更是莫大的福分。

在众人啧啧称奇的余音中，田谱一手搓着他那对通红透亮的鸡心文玩核桃，一手慢悠悠地打开一幅卷轴，到了地杆处，黄二狗眼尖手快喊了起来：“悲鸿，徐悲鸿的画！”这是一幅祝寿图立轴，两只昂首挺胸精气神十足的仙鹤站立在一株苍虬的松树上。坊间传闻，容州市民间有徐悲鸿的画作，今天看来此言并非空穴来风。

田谱是一位教师，他爷爷曾随桂系三杰之一的老表在桂林省府做文牍，这幅祝寿图为当时徐悲鸿作客桂林时所赠。田谱这幅祝寿图，虽不是徐悲鸿最负盛名的马，但它以另一题材表现大师的笔墨风采，亦弥足珍贵。

欣赏完四位最具会长竞争力藏家的藏品，大家都把目光自然投向了陈发财，陈发财被众人盯得涨红了脸自觉地说：“我没有。”“没有你凑什么热闹？”黄二狗狗仗人势般大声起哄道，二狗这么理直气壮揶揄别人也许把自己也是凑热闹而来完全忘了。

陈发财多少显得有些尴尬，嗫嚅着说：“在江边，在江边我有一幢三百平方米的房子闲着，可以提供给大家办公或者交流使用。”

人生自古伤离别。就在刘生辗转各方、不亦乐乎忙着筹备收藏协会的成立时，他远在加拿大的女儿也忙着催促他前往，说小孩到了多动季节实在应付不了，邀他两老过去照看，这让刘生很兴奋，这是他生命的

寿山芙蓉石方形水盂

边长 5.97 厘米　高 3.99 厘米

银胎烧蓝暗八仙水盂
（广州十三行产品）
腹径 6.79 厘米　高 2.87 厘米

延续，一个好古之人，尤其看重传承，想起他的外孙，想起那天真烂漫的笑容，很让他牵肠挂肚。但是收藏协会选举大会开幕在即，他强忍下了自己的天伦之乐。他是发起人，他有这个资格，这是重大活动，他不想放弃这个资格。拨打得噼啪作响的当会长的如意算盘看来要戛然而止，但也不可颟顸，自己当不成也不让别人做，这不是他为人处世的风格，起码要选出一位自己认可的人来带领协会，这是他的心愿。

众所瞩目的容州收藏协会成立大会暨选举大会在富丽堂皇的峤山宾馆会议厅开幕，刘生一人端坐在主席台上主持着这个选举大会。一大堆的客套和华丽的说辞后，接着便进入了这次大会的主题，经紧张的统计，选举结果出来了：谢守诚为会长，田谱、张丽琦、陈发财为常务副会长，还有副会长十位……

4

前几年有一位国内知名的红色收藏家要建博物馆，专程前来拜会刘生，看了刘生的收藏，提出要用一千万元“一枪打”，“匀”走他的像章、邮票、雕塑像、搪瓷口缸、连环画册、八大样板戏的全套海报，但刘生不为所动，这是他的收藏事业，构建和支撑着他的整个精神家园，他不愿割爱。舍得，有舍才有得，舍得是一种人生智慧和态度。如果拿器物和金钱相比，刘生会毫不犹豫选择舍弃金钱，因为他更爱物、惜物。如果让他舍弃了这些器物，他会失魂落魄，这些物件，伴随了他的前半生，每一件都记录了他的脚步，每一件都存着一个故事，是留下了记忆的东西，在他眼里是活的，是有生命的。他曾说："要那么多钱干吗？有了这个钱，还得去淘换这些东西。"

收藏，人们或认为是富埒陶白之人干的无用之事，这些东西，不能吃不能喝的，但它能满足人精神上的需求，用佛系的语境说，可以养心。如果非要用钱这个庸俗的标准去衡量的话，当衣食无忧越有钱时它就越值钱，当少衣缺食时它或会变得不值一文，这就出现了"盛世收藏、乱世黄金"的现象，但大到国家、民族，小到个人，总有一些有志之士无论身处何境都在苦苦地搜寻、研究、收藏。往大处上说，无论其动机如何，这都是在为人类社会的生存和发展保存精神和文化财富，诚如庄子在《人间世》篇中的要义："无用之用，方为大用。"

别看这些收藏家坐拥百万、千万乃至过亿元价值的藏品，表面风光无限，实则大多囊中羞涩，网上说控制不住爱购物的女同胞为剁手党，其实爱上古董的男人更应剁手。

磁州窑猫枕形水盂
长9厘米　高4.5厘米

海黄水盂

高6厘米

刘生自然可归入这一行列。

这年夏天，刘生在大洋那边的女儿已三番五次催促，但刘生夫妇就是没有成行，还是他冰雪聪明的女儿猜出了他爸这个倔老头的窘境，给他转了旅费，刘生夫妇终于订下机票，出发了。

月是故乡明

多伦多的天空像水洗般湛蓝湛蓝的，干净得难见一丝云彩。前方一条蜿蜒随着丘陵山势建造的柏油路，举目望去路的尽头就似到了天边，两旁林木蓊郁，砌红堆绿，偶有几片枫叶飘落在路边，汽车驰过，随风飞舞！

刘生今天心情大好，到加拿大探亲已有一个多月，这一个多月在多伦多的女儿家做着家政：洗衣、做饭、拖地板、带小孩，今天女婿终于有闲带一家五口出去晒晒太阳，逛一逛。去哪里呢？一家人尊重老头子的意见去博物馆。皇家安大略博物馆是北美第五大博物馆，以收藏有六百多万件来自世界各地的精品文物而闻名于世。

到了博物馆，首选自然是去看陶瓷。对于中国人来说，瓷器不仅仅是瓷器，还寄托着一份情感，当我们的祖先创造出这种精美绝伦的器皿时，我们这个民

刘希任绘粉彩山水图水盂

高8.5厘米
落款：希任
钤印：希任
款识：如生

珊瑚红描金仙鹤松树纹水盂

高7厘米

款识：居仁堂

族的血脉就和这种美器紧紧地连在一起了。

皇家安大略博物馆的瓷器，以明清瓷为主，有青花、彩瓷、单色釉瓷，盘、缸、瓶、碗齐全，有官窑、民窑精品和出口瓷，陈设庄重、专业，大物件的瓶、缸还有独立专柜摆放，让人能够360度观赏，这一点很让刘生赞叹、欣赏。青花的艳丽浓重、彩瓷的绚丽生动、单色釉的素净典雅，让刘生一家迷醉，犹如享受着一顿盛宴，加之刘生这个义务讲解员压低声音都无法抑制兴奋的讲解感染："这个盘是出口瓷，是我们老祖宗卖给老外的，老外的审美和我们不一样，他们不像我们喜欢留白，欣赏一幅图让人有想象的空间，他们一定要画得很满，不留空隙，画一朵盛开的花都要一朵连着一朵，满满的，就似我们的繁花似锦，所以外销瓷很好认。"

一家子都在静静地聆听，小家伙懂事似地瞪着眼乖乖地跟着，没有了活蹦乱跳，也没有像刚才来时一直闹着要去儿童乐园。

这个陶瓷展馆，就像一个中国符号，一张中国名片，彰显着中国文化的独特魅力，感动着每一位前来参观的人，这是中华民族对人类文明的贡献。刘生甚至想，这些年中国经济高速发展，创造了巨大财富，曾有人提出要把散落在世界各地的中国艺术品买回去。干吗要买回去呢？放在哪不都是中国的东西？用行内话说就是：特征明显，“大开门”中国货。中国的东西就是如此的独特，谁也偷不去，抢不走，改不了！

这样想着，一股自豪感在刘生心中慢慢升腾。

开枝散叶，在哪都能生存，炎黄子孙的伟大。

又过去了一个月，刘生夫妇在女儿家做着重复的家政，这月添加了一项内容：外出买菜。这个工作对刘生夫妇来说没有难度，老外开的超市，菜都是一包包封起来外加条码，多少钱就多少钱，没有我们喜爱的讨价还价，况都有会普通话或方言的中国面孔当店员，或者就是华裔开的超市，交流不成问题。

问题是菜买回来后，想找个人聊天喝茶就难了，女儿、女婿都是早早起，迟迟归。即使是在公寓楼外的小花园或在楼梯碰上个老外，多半就是点点头，刘生有时主动上去搭讪，他们说的，刘生听不懂，刘生说的他们自然也是干瞪眼，似乎老外都不爱聊天，也没有串门的习惯，就连长相和我们一样的同胞到了这里也生性变成了老外，回到家把门一关，各忙各的。

刘生喜欢把勾鼻子的洋人称为老外，其实在这里他才是正宗的老外。

一天刘生又在开始自酙自饮地品茶，他老太婆不

大漆竹制水盂

高5.8厘米

上刻文字：一尘不染真君子

两袖清风本文人

文甫书

蓝釉醒狮纹水盂
长11厘米　高6厘米

会陪他饮，说饮了晚上睡不着，她在逗着外孙玩。刘生越饮越觉得喉干、苦涩，滋味不够，全没有那种浓稠香冽、甘甜醇滑的感觉。茶是从家里带来的上等好茶，茶具也是国内生产的优质出口紫砂茶具，但就是没有在国内家里饮茶的那个快意自足的感觉，刘生品了半天茶也想了半天终于明白：这应该是水的关系，冲茶用的水，这不是家乡的水呀。

又一个月过去了，刘生的乡愁在日益严重，一天，善解人意的女婿说要带他去参加一个古玩拍卖会，听说有古玩，刘生立马精神起来。

这是一个社区的小型拍卖会，华人开办的，刘生又是全家出动，经过一个多小时的车程，到了目的地。拍卖还没有开始，但见场上有十几个人在书写毛笔字，他们穿着既似汉服又似道士服的奇装异服，场上甚至有几个老外老头和老太婆参加，虽然有场上指导，但也看不出他们到底书写了些什么，倒是弄得满手乃至衣服脸上都是墨汁，看得出他们很开心，边写边哇哇叫，这情景引得刘生一家都开心地笑了起来。经打听，原来这是在暖场，邀请参加拍卖会的来宾上场进行书写表演。听说可以写字，刘生的手就痒了起来，提出要参加，主办方的工作人员带刘生到了一间小屋换上了衣服。工作人员告诉他，书写中国文字是一件很庄重严肃的事情，要沐浴更衣焚香打坐才能进行，他来得迟了些，沐浴就免了。这让刘生觉得很可笑：到了国外写个字都整得这么复杂。

书法是中华民族的文化瑰宝，是一门融合了文学、绘画、哲学乃至表演艺术的古老传统艺术，是汉文字书写的法度。

刘生的书写姿势，写小字时头正、身直、臂开，站着写中大字时是身躬、臂悬、足开，坐有坐姿，站有站势，蹲有蹲样，一撇一捺，一板一眼，均有章法。

身在异国他乡的同胞见到如此娴熟的书写功力，一齐拍起掌来，老外也叽里咕噜竖起大拇指发出了阵阵的喝彩声！

刘生对书写毛笔字是下过功夫的，写得一手好字，今天如果要评比，冠军肯定非他莫属，但要说是书法恐怕还有一些距离。主办方拍卖行老板很高兴，发现了人才般，特别约请刘生以后要多来，并请他帮助做些整理抄写工作。

接着拍卖会开始，先是字画，当拍卖师做着介绍，礼仪小姐带出拍品时，刘生惊呆了，都是大名头，有谭延闿、于右任、蒋介石等的书法，有吴昌硕、潘玉良、齐白石、张大千等的画作。

到了陶瓷拍卖，大明嘉靖的五彩罐、万历的斗彩，

粉彩开窗瑞兽纹水盂

高6厘米

胭脂红云龙纹水盂

高 5.5 厘米

大清康熙青花天球大瓶、雍正的粉彩碗、乾隆的花觚，件件都是官窑重器，这更让刘生差点惊掉下巴。

拍卖很踊跃，拍牌此起彼伏，但价位都很低。

这个社区的拍卖会是每两周举办一次，刘生也守信按拍卖行要求做起了整理和抄写工作。经刘生对拍品进行品鉴，这些字画没看到一件真品，官窑瓷器也全是国内景德镇的中低仿品。一来二往，关系近乎，刘生和拍卖行老板进行了一次开诚布公的交谈，老板表露出一种山高皇帝远的镇定自若表情，口无遮拦地坦言道：这些东西无在乎真假，身在异乡，看到这些东西有亲切感，洋人看见这些很中国的东西，图个新奇，都愿意花一千几百加元买件回去摆设，我们何乐而不为呢！

这是胡闹！刘生差点喊出口。

刘生从此不再来，道不同不相为谋。

刘生在大洋那边又给我来电话了。

“要让孩子高兴就做牛做马，要让太太高兴就洗衣做饭。”刘生在电话那头诉说道：“到了这年头，真是那么回事，要让自己高兴，就只有做梦！”刘生讲到这里，我们都心领神会地开心大笑起来，在这头我都能感受到那头电话机听筒的震动。

年轻时为工作操心，中年时为父母老人操心，晚年为儿女操心，一辈子都有操不完的心，这或者就是一个中国人一生的写照，这都要成了我们华夏儿女的遗传基因密码，祖祖辈辈，生生不息！

“我很快就能回去了，我要和藏友品茶论道，我要回去组织交流会、文博会、展示会……”电话那头说道，声音中有一种抑制不住的激动，顿了一会，电话里忽地传来吟诵，是苏轼的《望江南》：

“春未老，风细柳斜斜。试上超然台上看，半壕春水一城花……”

青蛙仿生瓷水盂

长11厘米　高8厘米

孔雀蓝釉太狮少狮水滴

长 9.9 厘米　宽 9 厘米　高 6 厘米

父亲的战马

清晨，缕缕阳光洒落在河村河上，两岸竹子、五色花、喇叭花、鬼针草交相辉映，树木清幽，枝头上的小鸟啁啾鸣啭，从山里冒出的泉汇聚成河，淙淙流淌，水清见底，细白的河沙上一群群鱼儿在欢快追逐。

一匹枣红色的马饮水河边，时而昂首长啸，时而拂打着尾巴，神态自若、悠闲。马背上一个黝黑而壮实的青年，着一身黄色军装，腰间束着皮带，别着手枪，他的每一个举动都引起岸上一大帮从没见过马为何物的小伙子们的欢呼。

“那是你爸，那时我们这刚解放不久，当时的县长还兼着公安局局长。”九伯公从那杆长得令人费解的烟筒里抽了一口烟，缓缓地吐了出来，接着说道：

“这匹马大有来头呀，是见过大世面的马，是随四野部队你爸的首长北战南征过来的马，到我们这里时，已远超服役期，首长舍不得杀马吃肉，知道你爸

粉彩桃花美人图水盂（磨口）

高 5.5 厘米

碟形甲骨文瓷水盂（有修补）
高3.2厘米
底款：中华民国年制

是本地兵，豪爽地大手一挥便送给了你爸饲养。这马是真奇了，整天整夜就像个哨兵似的站着不用睡觉，什么草都吃，干的、湿的，从来不挑食，我们每天都带它到河里刷洗喝水，养了几个月，眼睛像铜铃一般大，像煤油灯般光亮，精神得很，浑身圆鼓鼓的，四肢发达有力得很，身上的皮毛油光油光的，用手摸滑溜得很呐。”大家正听得入神，忽然有人发问：“九

粉彩花鸟纹水盂
高6厘米

伯公，您为什么不同去当兵也弄匹马回家骑骑？”九伯公用眼扫了一下问话的小子，露出了狡黠的神情说：“家里的地要人种呀。”其实这点我知道，是奶奶告诉我的：九伯公是自由散漫惯了，哪受得了部队的管束。“听你爸鼓动一起去当兵的你二伯公和你爸的一个老同（乡下将同年出生一起长大要好的伙伴称为老同）。”九伯公看了看我继续说：“1952年‘土改’

粉彩矾红团龙纹水盂

宽 6.61 厘米　高 5.39 厘米

底款：乾隆年制

时家里分到了田地，他俩一起申请要求退伍回家种地，你爸返部队后，这匹马就交给我们几个轮流喂养。我们试过给马套上犁耙田，但耙不了哎，马走得太快了，我们怎么都拽不住犁，试了几次都没办法，只好作罢。”

一匹枪林弹雨中过来的军马，居然想用它来耙田？！

“我们还骑过这匹马去追赶鹞鹰，当时鹞鹰很多，

绳纹缸式碧玉水盂

腹径 5.32 厘米　高 6.39 厘米

从后山飞到天上黑压压一片，糟蹋粮食，还偷我们的鸡吃。每当我们有行动，这马就像识人性一样，嗖的一下朝着鹞鹰的方向就冲过去，马跑在路上发出咯哒咯哒的声响，脖子上长长的鬃毛飞散着，哎哟，要多好看就有多好看了。”九伯公一边把玩他的烟杆一边继续讲：“我们一起撺掇你爸拿出手枪打鹞鹰，你爸那时毕竟也是年少，拗不过我们，拿出他的手枪朝鹞

料器画珐琅水盂

腹径 2.09 厘米　高 2.18 厘米

上海佛学书局款钢质水盂
腹径 5.76 厘米　高 2.80 厘米

鹰放了几枪，结果鹞鹰没打到，听说回到部队后被首长狠狠撸了一顿，好在天下已定，子弹没有打仗时那么矜贵了，最后是被责令写了份检讨了事。”说到这里，九伯公呵呵笑了起来，布满岁月痕迹的脸拧成了一朵喇叭花，沉醉在那年少捣蛋带来的愉悦中。

“你爸写篇检讨是完全不成问题的，他在家念过书，在部队也学了文化。”九伯公说道。我忽然想起，小时候常看父亲填各种表格，在“文化程度”这个方格，我读道：小学肆业。父亲纠正说，这不是肆（sì）业，是肄（yì）业！

“什么是小学肄业？”

“也就是读过小学但没有毕业。”

至此，我知道还有这么个学历，幼小的心灵里特佩服父亲，这么两个长得如此相像的字也能分清。应该说，在那个喜称自己为“大老粗”的年代，父亲是很看重读书的。在我考高中升学试那天，父亲专门用他的旧永久牌自行车搭我去考场，这在我的记忆里是

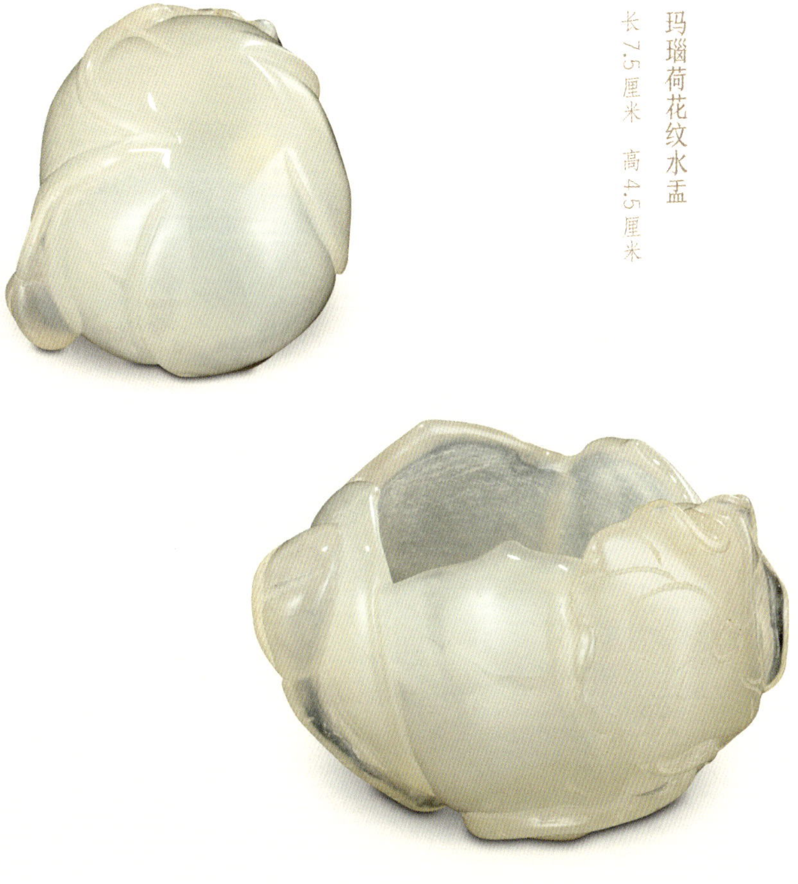

玛瑙荷花纹水盂
长7.5厘米　高4.5厘米

少有的隆重礼遇，在车上父亲还说了“黄金不贵乌金贵”的典故。

“什么是黄金？”我问道。

父亲说：“黄金就是人们认为最贵重的东西。”

“那乌金呢？”

“乌金就是墨水，肚里有墨水比有黄金更宝贵。”父亲回答说。父亲还问了我有没有把握考上，我故意逗父亲说没有把握，父亲说：“考不上不要紧，考不

和田玉梅枝纹水盂

长7.7厘米　高3厘米

和田玉双螭龙纹水盂

长11厘米 高2.8厘米

上就回老家放牛。”我知道父亲不过是在吓唬我，父亲在老家没有房子。我每年放寒暑假和父亲回老家看奶奶，都是住在叔伯家。父亲当年当兵用他的话说是参加革命，不回去了，他的兄弟姐妹多，房子留给家里人住，不用分给他。老家里有一个可爱的小黄牛，但说是五叔的，父亲也没有牛给我放。

紫檀水盂

高4.5厘米

珐琅彩十八罗汉图瓷水盂

高7厘米

翡翠水盂

宽 6.26 厘米　高 3.57 厘米

一阵咳嗽声把我从遐思中唤了回来，九伯公正在艰难地点着他的烟，由于杆太长，连着擦了三根火柴仍是够不着，我忙帮他点上，老人家惬意地吸着。经打听，原来这杆长长的老烟枪还含有打狗棍、拐杖、教训人的多种功用，在村里更是彰显着至尊长者的权威，非德高望重者讳不敢拿。

粉彩花鸟纹倭角方形水盂

边长6.5厘米　高5.8厘米

九伯公讲故事告一段落，聚在社头榕树根下的人们也渐渐散去。

夕阳西下，在晚霞的映衬下，后山田螺岭呈现得越发的郁郁葱葱，岭脚下，金灿灿的稻谷蔚为壮观，我仿佛看到父亲骑上他的战马和他的毛头小伙们又去驱赶鹞鹰，他们呼喊着，欢呼着……

这是那个火红年代特有的天真烂漫，很纯、很简单、很快乐！